爱之永恒

牛良珍 著

山西出版传媒集团

山西人民出版社

图书在版编目（CIP）数据

爱之永恒 / 牛良珍著. —太原：山西人民出版社　2014.7

ISBN 978-7-203-08553-9

Ⅰ.①爱… Ⅱ.①牛… Ⅲ.①中篇小说—中国—当代 ②短篇小说—小说集—中国—当代 Ⅳ.①I247.7

中国版本图书馆CIP数据核字(2014)第095657号

爱之永恒

著　　者：	牛良珍
责任编辑：	魏　红
助理编辑：	张志杰
出 版 者：	山西出版传媒集团·山西人民出版社
地　　址：	太原市建设南路21号
邮　　编：	030012
发行营销：	0351-4922220　　4955996　　4956039
	0351-4922127（传真）　　4956038（邮购）
E-mail：	sxskcb@163.com　发行部
	sxskcb@126.com　总编室
网　　址：	www.sxskcb.com
经 销 者：	山西出版传媒集团·山西人民出版社
承 印 者：	山西省教育学院印刷厂
开　　本：	787mm×1092mm　　1/32
印　　张：	4.75
字　　数：	50千字
印　　数：	1—1000册
版　　次：	2014年7月　第1版
印　　次：	2014年7月　第1次印刷
书　　号：	ISBN 978-7-203-08553-9
定　　价：	18.00元

如有印装质量问题请与本社联系调换

往事并不如烟(代序)

牛良珍

"往事并不如烟",不知怎么就想到了这句。

前几天儿子打电话来问,要不要请人写序?我说不要吧。

不要别人写序,一来不想麻烦别人,二来也不想让读者以为这个牛先生想拉什么"虎皮"。

自己写的小说,只是心路历程的一点积累,一些记忆而已。打印出来,也只是为了做一下整理和纪念,为那些抹不去的记忆,也为那些忘不掉的人和事。只是自娱自乐,藏之高阁,没想着付梓。

58年前,我在晋东南地委做秘书,虽然只有专科学历,但在那时也是为数不多的知识分子了。既然能识文断字,当然会想着做一些别人看得见的"文学创作"了,我相信这是那个年代里每个识字者的梦。记得报告文学《不知疲倦的人》在《人民日报》副刊发表后,身边多了不少羡慕和钦佩的眼神,多了很多同事的赞美和领导的表扬。后来又写的小说《返乡记》《师徒俩》和《芒种》,也分别在《小说月刊》《上海文学》《火花》上发表。

那时候,觉得可以发表文章,是何等了不起的事啊!每每收到寄来的书信,或者报纸,总要看了又看。我的妻子是个教师,虽然教数学,但也爱文学。每发表一篇就两人一起看,然后构思着下一篇该怎么写。因为我们都知道,想写出名堂来不容易。只有独辟蹊径的人,才可以走出属于自己的路。

"文化大革命"的10年,众所周知的原因,我放下了心爱的笔,工作单位也到了煤矿。我觉得文学给了我力量和思想,哪怕不动笔,也不会无聊与孤单。即使在最阴霾的日子里,也没有一丝一毫的抱怨和绝望。相反,在煤矿我接触到了许许多多朴实的矿工,是他们重新又给了我灵感和激情,重新点燃了我的梦想。他们特别能战斗,也特别能忍受的性格感染着我,震撼着我,也激励着我。我想,哪怕我的思维和文笔已远不如从前,我也要写。不为自己,而是为时代,为那些有血有肉的黑哥们儿。为此,我不惜夜以继日,不顾年岁不饶人,固执地重新拿起了放下多年而有点沉重、枯涩的笔。

本书所收录的文字,就是我执着的结

果。是固执,也是积习。既然积习难改,便一定会有一个结果。

小说中的人物带有我们那一代人的生活、思想、情感和艺术的痕迹,而且是很重的痕迹。没办法,那是时代的烙印,也是岁月的刻痕。它们也固执地留给了我,我没有办法去除,只能带着岁月的旧痕和时代的局限,把我的思想和感情,用我们所熟悉的人物和故事展现给日新月异的时代,以我生命的余温,为推动历史的车轮向前,尽一点绵薄之力。而且,总觉得,有文字陪伴,即使面对夕阳,也会觉得它像朝阳一样壮伟,一样美丽!

2014.6.18 子夜

目 录

爱之永恒 ································ 001

缘分 ································ 087

冲出围墙 ································ 113

父爱如山(代后记) ················ 138

爱之永恒

一

太平房院里围着一圈冬青,冬青后长着一圈柏树,显得庄重沉静,院里站满了参加追悼会的人,墙边整齐地放着送来的花圈。在哀乐声停止后,凤岭矿矿长王胜沉痛地说:"局、矿领导和参加追悼会的全体同志,石旦同志从大同矿援建我们新建矿,带了一个队来到这里,在他任采煤一队队长以来,兢兢业业,艰苦奋斗,成为我矿的标杆队,年年超额完成任务。他是矿务局的劳动模范,在他身患胃癌期间还仍然坚持下井,直到倒下。他的这种以煤矿为家的实干精神,值得我们全矿职工学习!现在我们向石旦同志遗体三鞠躬。"鞠躬后,人们沉浸在悲痛之中。领导和参加追悼会的人们胸前挂着白花从医院太平房西门进去,向石旦同志的遗体告别之后又从东门排队出来。

下午三时整,石旦的遗体被放进棺材,随着沉重的一声,送葬的人们都流下了热泪。李卫东跪在那里哭叫着:"石旦哥呀,你怎么年纪轻轻就走了呢?你忘了你说的咱们俩都是孤儿,是政府把咱们俩送到煤矿参加了工作的,永远不能忘记党的恩情。石旦哥呀,为什么不让我先走呢?"这时王全赶紧把李卫东拉起来说:"别哭喊了,今天你是唱主角的,快通知送葬的人们往墓地走。"

送葬的第一辆汽车上,李卫东把石旦披麻戴孝的两个儿子石勇、石英扶在石旦棺材左边。石旦媳妇在棺材右边,她头上盖着一块白布,用手遮住脸,悲伤的泪水不断地涌出眼眶,嘴里哭叫着:"我的石旦呀,你不该走得这么早呀!你不该留下我和孩子们啊!"紧接着,李卫东也上了汽车。第二辆汽车是王全带着,车上拉着埋葬工具和矿领导、亲朋好友送的花圈。鞭炮声很响,长长的送葬队伍中,没有人大声说话,只有几条狗远远地跟在后面偶尔低声叫两下。一路上,从青嫩草叶中踩出来的绿汁染透了白色的沙石小路。全队人除了上班的都来了,这种规模的葬礼,是矿上从未有过的。那些跟着送葬的科队长们脸上明显挂着许多忧虑,石旦队长这一去,谁来当采煤一队队长呢?可能是石旦的徒弟王全吧?

石旦媳妇在送葬的汽车上已经不哭了,她心慌意乱,不知想着什么。她在石旦临死的前一天做了一个梦,梦见自己又生了一个孩子。还真应了,这时的她强忍了几天的苦水猛地从眼眶里涌出来,但她这时还是不相信石旦已经真的走了,前几天他还对自己说笑话:"挖窑的寿命长。"她猛然睁开眼睛死死盯住那口红色棺材,此时此刻的她全部归属于躺在里边的那个人了。

殡葬车到了半山时,天色阴沉沉,前面还要横穿一段400来米的山坡,王全坐在汽车的驾驶室里领着前行。送行的家属中的女人们,缩短了与前面送行男人的距离,她们挤成一团开始说悄悄话。她们没有议论石旦媳妇如何悲痛,只是说石旦才49岁就这样走了。

到了墓地之后,李卫东下了车吆喝了一声,抬棺材的8个壮男子也齐声附和起来,大家都没有说话,抬着棺材,慢慢地顺着山坡抬到墓坑处,大伙用绳子把棺材缓缓放到墓坑里。然后,李卫东往棺材上撒下一把黄土,大家一锹一锹把土填进墓坑。

春天的泥土实实在在的香味和棺材的油漆气味一道随风飘出很远。坟丘堆好后,王全碰了一下李卫东,他愣了一下才跪下去哭喊着:"石旦哥呀,我想你,你真不该走了,以后谁还管我呀!"石旦媳妇和两个儿子也哭起来。哭了好一会儿,李卫东擦掉眼泪,叫起石旦媳妇和儿子,走到坟前烧了香,然后将花圈和纸钱烧化了。

返回时,大家再次聚会在石旦家门口搭

的塑料布棚下,已经摆好十几桌酒席。大家没有闹酒猜拳,只是客客气气将酒喝完、菜吃完,便各自回家去了。王全和队里帮忙的人收拾完桌椅板凳,和矿长王胜喝了一杯茶,嘱咐石旦媳妇好好保重身体、带好孩子,之后也都回去了。

　　李卫东没有走,他看着石旦媳妇伤心的泪水又流出来了,赶紧上前劝说:"嫂子,要想开点,人走了是无法再回来的,以后家里的事还有我帮着呢!"石旦媳妇李玉梅这才擦了擦眼泪和气地说:"卫东呀,我拜托你了,我和孩子们给你石旦哥烧完三七纸,就回大同我妈那里,让两个孩子上中学,走后你可常来家和小商店看着点。"李卫东听了说:"你放心回吧,我会常来看的。"说完就急急忙忙回自己宿舍去了。

二

一个月过去了,采煤一队由王全当了队长,一切正常。可是李卫东心里仍然觉得上班不是个滋味,夜夜做梦都是和石旦哥在一块打柱子、架棚、放顶、出煤。这天,李卫东五点就起了床,急急忙忙去食堂吃了口饭便到澡堂更衣柜更换工作服,他站在那里走来走去,脱个衣服也忧忧郁郁的,总觉得石旦走后自己没了依靠,戴上矿帽又取下来,扣住矿带又松开,最后沉思了片刻才定了神,把和石旦从大同带来的那把砍斧早点去接班室磨一磨。磨石就在交接班室门口,这磨石来之不易,是他和石旦哥从白马寺山上抬回来的,原来很高,可以站着磨,天长日久,斧头磨掉了几十把,磨石也只剩得半尺多高,只能蹲着磨。

跟平素一样,李卫东用双手的中指和食指对着斧头的刀刃,用无名指和小指勾着斧身和斧柄,一下一下地磨,磨了一阵,觉得腿有点发麻,就干脆坐在那里,胳膊和腰都使劲,像猫儿前爪撕扯一只老鼠吃似的,一会儿工夫终于把砍斧磨好了。李卫东习惯用砍斧试着在自己的分头上的头发上削,看砍斧磨锋利了没有。在大同矿时,李卫东总爱在别人面前吹这把砍斧,一斧下去能砍五根条丝,头发到斧口轻轻一吹就断。这件事曾经也的确有证人在,那就是他石旦哥。他每回磨完斧头,便悠悠靠在交接班室的门框上,用斧刃在自己的分头上一削,飕飕的,斧光一闪,那硬挺挺的头发便落下一片。可是今天斧刃刚一挨着头发,他就"哎哟"一声,一看,原来是把斧刃磨卷了,再看磨石,上面一层青粉,"唉,我怎么傻乎乎忘了浇水呢?!"他朝磨石旁边水盆里一看,头皮上显出鲜红鲜红的血印,李卫东也没有在意。早班的班前会上他给大伙说了几句注意安全的话,就领着全班人员下井了。李卫东在班上还是想着石旦哥走了,自己身边缺了什么似的恍恍惚惚上完了这个早班。全班人都很自觉,更衣后吃完饭就坐在接班室。

班后会,新任队长王全专门来李卫东班传达矿上科、队长会议精神。他说,矿上逐步推进采煤要上综采机械化,又说:"对于有功的老矿工可以退到二、三线工作,也就是辅助部门,如福利科、绿化办、洗煤厂,但这不是强迫。"这时李卫东听了,坐也不是,站也不是,心里窝着一肚子火:老李我一顿吃过一碗红烧肉十个馒头,一个班架过六架棚子,放顶打柱子更是全矿有名气的,谁敢说我老李不能干了,让我去看大门、扳道叉、修花园,那可真是大材小用,做房梁的料做成小板凳了,岂有此理!他顿时火冒三丈,觉得自己被王全小看了,遂当场跳起来冲着队长王全说:"王队长,我老李才47岁,也就少喝了几瓶墨水,讲不出什么七七八八的理由,但我郑重地告诉你,什么二、三线辅助部门,我是不去!"说完,摔门走出接班室。一路上他感觉脑壳像被水泡肿了一般,头昏昏沉沉的,跑了一会儿,不知怎的脑子一下清醒过来,想起和石旦哥一起打连班那股干劲,心里美滋滋的。他喃喃自语道:"我老李再去上一个班,叫你王全看看我行不行!"

他觉得自己仿佛变得年轻了,全身有一股使不完的劲,脑子也紧张,腿肚子抽筋了,他赶紧拍打腿肚子,甩了甩胳膊,来了神,有了劲,到澡堂更衣柜换上工作服,返回交接班室门前。他往磨石上倒了些水,继续磨他的斧头,这回他吸取了早上的教训,磨几下停一下,看一看,试一下刀刃,浇点水,翻过来又磨。磨完后,李卫东准备下井,这时恰巧碰上班里的青年矿工"小赖皮"陈安在那里写黑板,看见李卫东磨完斧,陈安故做了个鬼脸挖苦地说:"李班长,磨好斧准备去矿上公园砍树呀?"李卫东一听这话,心里不高兴。这小子是班里出了名的滑头蛋"小赖皮",矮个,脑子灵活,手脚麻利,放顶技术也不错,就是一张破嘴让人讨厌,平时爱偷懒,发牢骚,怪话连篇,这一阵子不知从哪里学来的使人讨厌的词语,什么走后门上井呀,什么讨好领导呀,什么混个一官半职呀,讲个不停,班里没人搭理他。一次,回风巷有10根柱子叫他往工作面扛,他就是不去,最后还是我老李扛的。这像个青年矿工吗?没吱声瞪了他一眼,把陈安闹了个没趣,他却说:"李班长求你个情把我调上井好吧?"李卫东狠狠地说:"想上井?门也没有!"陈安说:"不让我上井,我有的是办法,今天早班我就给你留了4根柱子没有回出来!"李卫东听了腾地站起来,狠狠地把斧头伸到陈安的耳朵上,骂道:"你小子真坏!敢拿工作开玩笑,真是给班里丢脸,下去给我写检查,不纠正错误,你休想过我这一关,看好了,我这就下井看看是真是假。"

陈安从未见过李卫东这样,知道自己做

错了,也不敢还嘴了,只得悄悄离开。走了几步,又觉得如此被李卫东奚落一场真不合算,便回头对着李卫东低声骂道:"一根筋。"

李卫东看着陈安走了,拿着领矿灯牌去了矿灯房,他把矿灯牌塞进第一个窗口,便喊李翠萍,好半天没人来发灯,他就忍不住骂起来:"李翠萍,你的耳朵让狗吃了?拿个矿灯这么慢!"

被叫的李翠萍是个二十几岁的女人,听了李卫东的骂声有点火气:"告诉你李卫东,你的耳朵才让狗吃了,你刚交了灯正在充电不能领,没见过一天上两个班的,真是发疯!"

"谁说我不能上两个班?"

"我说的,我是灯房组长,矿灯房有规定,没有充电的灯不能再领。"

李卫东脑子一下胀起来,没想到叫一个

娘们给拦住了,既然如此,跟李翠萍吵下去也没这工夫,咱年龄比人家大一倍,只好求人家说:"李妹妹,我求你啦,拿盏机动矿灯给我用一下不行吗?"

"不行!谁是你的妹妹,别来这一套。"

"噢,你看你,自己吐的口水又自己舔了,那次交灯时你不是还笑着让我给你找对象嘛!"

"有这好事吗?哈哈哈……"李翠萍闪了一下腰,抿着半片嘴笑了一阵,突然把脸一沉说:"找不找对象,与领灯无关。"

"我给你磕个响头……"李卫东把头伸进窗口里说:"你给我领一个吧。"

"谁稀罕看你那个头哩……"

"那我请个年轻有劲的小伙子来领行吗?"

"李班长,别在这里想好事,去找你那石旦嫂开心吧,我懒得搭理你。"李翠萍有点恼怒,伸手使劲把李卫东的头从窗口里推出来,又"啪"的一声把窗口关上了。然后隔着窗板说:"违反一次,灯房规定扣半个月奖金哩!"

李卫东被这一推一关,像没了魂似的。他惺惺地站在窗口边,有几分钟没有移动一下脚步,没有讲一句话。他知道没有文化的人只能出一份"挖窑"的力气。人到了这把年纪,总有一天要被人嫌弃的,但他没有想到竟然来得这样快,此时的他,觉得脸上的皱纹也多起来了。

正在他无可奈何之际,一个采煤六队上井的工人巩六来交灯,李卫东一见是巩六交灯,喜从天降,李卫东急忙说:"巩六,你的灯别交了,井下我们班里有事要我下去,你放心,我给你取灯牌。李卫东抓起那盏矿灯就跑了。李卫东跑到井口正准备下井,碰见从大同矿一起来的同班的二狗劝他说:"老李,你不能那样做,人家王全队长说的是矿上精神,你顶撞人家干啥?矿上照顾咱们,不要不识好歹。"李卫东极不耐烦地说了句"去去去!"就下井了。二狗自语,你"一根筋"不听劝,我去告王队长。

三

采煤一队工作面死一般的寂静。

进入三盘区,便冷落下来,虽然上下左右都有人在活动,有风钻、电机车在开动,但隔着地层,声音一点也传不过来。这里静得出奇,连煤粉落地的声音都听得清。有人把矿井叫作海,煤海,并没有夸张。这里虽然没有旋涡、暗流、惊涛骇浪、十二级台风,但潜伏的危险并不比海洋少,冒顶、透水、瓦斯爆炸,并不像大海那样,在起浪之前要先咆哮一番,而煤层往往是连信息都不给一个,便把一条巷道连同人一齐囫囵吞噬掉。这就使任何一个即使有经验的矿工都不敢逞能夸口,工作面发生的变化是难以预料的。

李卫东低着头、弓着腰坐在采煤一队进风巷的一块厚厚的煤块上,像一根黑黑的柱子,他双手撑着下巴,眼睛盯着巷壁里,从头上取下矿灯来,吊在双膝中间,灯光顺着凸凹不平的地板射出去,又从煤壁上反射过来,把这一段巷道照得若隐若现。那把斧子就靠着他的腿放在地上,一伸手便可拿得到。他不是在歇息,他是在观察。很快,他就断定了这工作面正常,便又把矿灯挂到矿帽上,从脚边提起斧头,站起来朝采煤一队工作面走去。这时接班人还没有到来,李卫东顺着工作面走了一趟,一看真的还有四根柱子没有回,李卫东自语:"陈安这小子真坏,拿工作当儿戏,这二次井我下对了,不砍了这四根柱子,还得挨罚。"

他一个人无法开回柱绞车,就用斧头去砍柱头。其实,这种方法既古老又危险,早就该被淘汰了。放顶的人用钢绳把木柱捆好,然后用斧头贴地去砍木柱,就在木柱被砍断、顶板未塌下之前的那一瞬把木柱拖出来。得像猴子一样灵活,像老鼠一样机警,在惊天动地的顶板下塌声中得到乐趣、快感,这大概就是李卫东甘愿一生一世在地层深处冒着随时被埋掉的危险,凭着一身胆量、一身力气去撞,去碰,去较量,而毫不知畏惧、回头的原因。

不知是顶板压力有些大,还是自己的确已力不从心了,在砍倒第三根柱子的那一刹那,顶板发出一声巨响,塌下来一片。一股掺杂着煤灰的气浪,像一只凶狠的野兽,把他扑倒在地。他耳朵嗡嗡叫,满眼冒金花,费了好大的劲才从地上爬起来。他吐掉口里的煤灰,又奔过去砍最后一根柱子,当柱子被砍倒的时候,突然有人拖住他举斧子的手。他吓了一跳,回头一看是队长王全,火气就更大了:"你走开些,别挡我的路!"他对王全大吼,用力一撩,把王全甩出去四五尺远,碰在一根柱上,李卫东把最后一根柱子拖了出来。

王全不顾此时的疼痛,严厉地命令:"李

卫东,你给我出来!"

李卫东的斧从手里滑落,打在他的脚背上,可他连眉都没皱一下。

王全指着李卫东怒喊:"你身为班长,胆敢一个人来打连班,安全规程是天老爷也违反不得的,谁违反了就处理谁,请你给我上安检科交代,接受处理!"

李卫东慢慢地捡起斧头跟着队长王全走,小声小气地说:"我是来回我们班没回完的四根柱子。"王全说:"那也不行!"于是长长巷道中响起两个极不协调的脚步声,一个没精打采,拖泥带水,十分沉重;一个起落干脆,轻走快步。

他们俩走出工作面,再走一节巷道就走到东大巷,一路上,李卫东没说一句话。这时的王全队长又是解释,又是开导,又是道歉,喉咙都干了。突然他想起李卫东爱听的话:"李班长,我看见石旦嫂从大同回来了,脸白了,好看得多了,一白遮三丑,真没讲错。"王全以为只要提起石旦嫂,李卫东一定会答话的,谁知道李卫东连嘴皮都没动一下。

　　李卫东跟王全只是领导与被领导的关系,像王全这样机灵的人,看一眼就学得会。他石旦师傅在时教给他采煤的技术和胆量。石旦师傅曾给他讲在大同矿下窑的故事:"有一回,我一个人去封一道老巷子。那时的矿灯是提在手里的,封巷时,我就把灯挂在一根柱子的枝叉上,等我堵好巷口来拿矿灯时,你猜我把灯挂在哪里了?挂在一个死人手上去了,那死人干瘪瘪的,不知道是哪个朝代死的。"当时李卫东接着说:"那算什么,有一回我跟死人睡了一夜,醒来才知道。"他好像天生的胆子大,根本不用别人教。王全听着他们的对话笑了笑。然后李卫东倒是反过来教了王全在井下睡觉的一手:"在井下睡觉危险,想要不得风湿病,那得多注意。如果困得很了,就到风口上去睡。底下用板皮垫着,最好推辆料车到身边,不会有湿气,又不怕冒顶,就是出了事,你也能对着风跑。"

王全是从矿院分到采煤一队的。李卫东第一眼见到王全时,就觉得这孩子不会本本分分地在井下挖煤,他方头大耳,五官端正,天生一副当官的模样。果然,石旦走了没两月他就当了采煤一队队长。李卫东不反对,就是班前会有一些懒家伙开完会该下井了还坐在那里睡懒觉,别人给他一拳才翻身哼哼几声,心里感觉真烦人,不知王全管不管得了,真替他担心。

出了回风巷,就到了东大岩巷到井口坐上猴车上井了,地面上是个大晴天,两个人的眼睛都被刺得睁不开。王全队长和气地对李卫东说:"自从石旦哥不在了,你的心情一直放不下来,有时像迷了窍似地干些糊涂事,这几天班长的事就让小三代替着,你歇几天看看石旦嫂,消消气,安慰安慰她。"

"队长,我知道了,听你的行了吧!"

王全队长严肃地说:"一是一,二是二,请你和我一起到安检科接受处分,一定得去!"李卫东说:"去就去,大不了扣点奖金,写个检查罢了!"

四

李卫东挖了一辈子煤,用他自己的话

讲,从穿开裆裤起就在窑里爬了。他样子很一般,随便走到哪里,差不多都能见到跟他相像的人。中等个子,宽骨架,五官端正,唯一显眼的就是留着大分头。使人注意的是,他在井下救人时挤断了左手的小指和无名指,正是这一点,使他在矿工中很有威信,有名气,他也以为自己很光彩。每当青年矿工问他时,他总要绘声绘色地讲出在矿上的那一段小故事来:"七一年,一次在掘进巷一段突然冒顶,上面顶板全压下来,我当机立断先抱住青年矿工小三,把他推到安全地方,但我甩左手时把小指和无名指挤在木头缝里拔也拔不出来,这时我狠了一下心用右手拿斧头把两个手指砍下来,人也就出来了,井下卫生员一包扎就没事了!"小赖皮陈安不信地说"吹牛皮",可队里一些小青年却目瞪口呆,觉得井下脱险是那样的富有传奇色彩。说实话,他是凭借胆量和经验在深深的地层中闯过来的,凡老一点的矿工是有许多忌讳的,可他常说的一句话:"当兵的,死了没埋,挖窑的埋了没死。"四季挂在嘴边,仿佛这句话不会带来什么厄运,反倒能鼓起一种与自然、与死神抗争的力量。他对矿井的眷恋,绝不带有柔情、缠绵,完全是一种鱼和水、人和自然的那种依存关系,是他的生和死交错刻写出来的一支恋歌。现在矿上为照顾老一点的矿工,让他们提前到二、三线单位工作,等于要了他的命,他一身骨头像是被人抽掉一样,手脚都是软绵绵的……

　　李卫东被免了班长,安检科又罚了款,心里倒没有在意,闲着溜溜达达可不知道往哪里去了。一只飞蚊撞在他的脸上,他吓了一跳,清醒过来,发觉自己走到家属排房区了,而石旦嫂就在前一排平房里。李卫东的心突然动了一下,想起王全队长给他讲的话,也许石旦嫂真从大同回来了,王全队长没有骗他。他想到她家看一看,但又有所顾虑。不知不觉走到石旦嫂家门口,门上却上着一把大锁子,这时的李卫东,心里可真不是个滋味。这家属院里的人,男女老少他都很熟悉。自从石旦嫂去大同送孩子上学,他总是悄悄地来这里,怕人们奚落他。这一看石旦嫂门上锁着把大锁,心里凉了半截,他悔恨地想打自己一嘴巴,慢慢腾腾地回了宿舍。

石旦嫂独自开了个小商店,全是李卫东帮着开了业,生意做得还不错。有一次,李卫东去了她家一趟,石旦嫂就把平时在小商店用空闲时间织的红毛衣送给了李卫东。这个从小不讲究穿戴的人穿上那件红毛衣,高兴地挺着胸脯在矿里到处走。好多人发现他穿一件红毛衣,都开玩笑地说他:"哟,'一根筋'变成了二十多岁的小伙子,是不是要娶个黄花姑娘呢?"他在俱乐部遇上刘柱。刘柱拖住他对旁边的人说:"李班长破天荒第一次穿一件红毛衣,大家说他该不该请客!""该!"一呼百应,队里立刻有两个老家伙揪住他要搜口袋,他不用别人动手,自己一下从口袋里掏出这个月的奖金说:"你们谁代劳?"只要有了钱,跑腿人多得是。不到半小时,老白汾酒和一大堆豆干、花生米、猪头肉、牛肉片等便摊在宿舍的桌子上,自己出的钱,又加上心情愉快,李卫东喝了个酩酊大醉。

太阳落山的时候,他来到了石旦嫂家

里。

"你又在哪里喝醉了,看你路都走不稳了。"石旦嫂心痛地说,并急忙扶他坐下。

他兴奋地说:"我把你给我打的红毛衣穿上了,刘柱几个老家伙要我请客。穿一件红毛衣,请一次客,合算、高兴。哈哈哈……"

"只有你这样的老实人,别人才捉弄你的钱。"石旦嫂埋怨地说。

"我高兴呀,李玉梅!"他喊叫起来。

"你喝醉了,我去给你泡茶去。"石旦嫂听着李卫东喊她的名字不由得笑起来,她转身想去倒茶。李卫东突然把脚跷起来拦住她说:"我没有醉,我不要喝茶。"一双醉眼盯着她的脸不放。石旦嫂靠在床里边,李卫东不松脚她就过不去。她只好低着头,红着脸求他:"卫东,放我过去……"

李卫东晃了一下脑袋,笑了一声,把脚一收,等石旦嫂一开步,他又把脚伸进去,正好放在石旦嫂双腿中间,石旦嫂吓了一跳,想把腿收回去,不知怎的,却坐在了李卫东的腿上。李卫东就势一把抓住她的手,激动地说道:"石旦嫂呀,我……"石旦嫂没有应他,也没有把手抽回来。李卫东大胆地搂住她,在她脸上吻了一下,她便软软地倒在他的怀中。

人的感情真是一种怪东西,明明两个人都渴望接触,渴望亲近,并竭力使自己的行动朝着感情的最高境界发展,明明两个人互相搂着、亲着,都感到一种高度的兴奋和快乐,可是当两个人一松开手,却莫名其妙地沉默了。李卫东直打战,石旦嫂还哭了。他们各有所失,李卫东失去了义气,李玉梅失去了贞节。本来两个人的关系是自然的,随便的,李卫东到石旦嫂家里玩玩,挑担水,拉车煤,帮她往商店进进货,石旦嫂到李卫东宿舍洗洗衣服说说知心话,这都是公开的、自如的。谁知这样一来,两人见了面还怕三怕四的。开着门怕人家看见他们俩在一起,关上门,更怕熟人邻居说闲话。常常是两个人坐在屋里,半开着门,听见有人在外边说话或走路的脚步声,他们都吓一跳。石旦嫂越来越忧郁、害怕,越来越寡言少语,越来越难以忍受这种压抑的气氛,这心理变化倒是没有表露给李卫东。

五

李卫东从石旦嫂家里出来,心里很不是

滋味,真要和石旦嫂在一起有多好,至少心中的苦闷烦恼有个说的地方,可这名不正言不顺算个啥,就连石旦哥也对不起,他越想越觉得心里酸楚楚的,好像五脏六腑都要跳出来了。"唉,听天由命吧!"

李卫东刚走到第二排,就被刘柱这家伙拦住了,说:"李卫东,这几天到哪里去了?"

"下井了。"他回答。

"骗人,王全队长不是让你休息几天再上班,这二线三线,我是考虑好了准备去行政科管食堂,吃饱肚子再说。你呢?"

"我不去!"

"不去?斗大字不识三个,写个名字还歪歪扭扭不成字样。可现在井下是割煤机、液压支架,你弄得懂吗?你知道液压支架上螺丝从哪一边扳?"刘柱咧着嘴,冲他笑。

李卫东扳螺丝,是出过笑话的,人家教了十几遍,他总是记不住哪边是顺时针方向,哪边是逆时针方向,常常要把松的螺丝扳紧,把要紧得螺丝扳松。这句话点中了李卫东的要害,他一下懵住了,愣愣地说不出话来。半天说了句没用的话:"俺采一队还是普采。"

"来来来,发什么呆,进屋来喝一杯酒,现在我们是绑在一起的,秋后的蚂蚱等候处理便了,进屋,进屋,一酒解千愁,三杯下去保你快乐。"

家里还有六七个人在喝酒,屋中间放着一张圆桌子,专门定做了喝酒的小菜和高平十大碗,瓶子摆满了桌,另外还放着一只鸡、一条鱼等着上桌,桌子上还有几瓶汾酒未开盖。矿山周围都是山,连出门散步都找不到一条平路,再加上下井消耗体力,确实需要一点东西来补充,因此矿哥们乐于喝两盅,有人把这称为矿工的豪爽,一种特别的气质。他们总是这样说:"辛苦钱赚来快乐花。"

坐在桌周围的六七个人都是大同来的老八级,全矿有名气的人物,一见李卫东进屋,他们喊道:"李卫东,快坐快坐!咱们一起喝两盅,咱们老八级里也就是数你年轻能干!"刘柱接着说:"咱立个规矩,今天要喝醉才准出门!"于是七手八脚把酒杯和筷子向李卫东递来,李卫东很客气地说:"大家先喝,大家先喝。"于是大家举起酒杯一饮而尽。哈哈哈,够哥们。原来这十个老八级是升到顶了,矿上领导称他们是矿工"十元老"。

这"十元老"是怎么出名的呢?他们刚从大同矿来的时候,碰上矿上的青年突击队李明玉班打煤巷一股劲打了十几米巷没架棚,调度室知道了,立即命令"十元老"下井处理,他们凭个人的技术和经验,趁压力没有来之前火速架起了十架棚子,名扬全矿。

"十元老"的绰号是调度员罗成叫出来的。那时罗成还是采煤一队的放顶工,也跟大家一样,10点钟还不到就坐在回风巷口等开班中餐,等了半个多小时,所有的话题都讲完了,送班中餐的还没来,大家的肚子饿得咕噜咕噜直叫,罗成突然问:"你们知道咱矿里的'十元老'吗?"班里的同伙们有点愕然,不知这话从何而来,也不知"十元老"指的是谁,于是罗成一摇头:"哎哟,这也没听说过,我数给你们听。"于是就扳着手指一个一个数起来:"张宝库、李卫东、刘柱、王五孩、张铁、齐敬山、杜玉全、王文才、王二狗……"他刚数完,在场的十几个年轻小伙子都已笑得直不起腰来。

"十元老"如果单独出现,谁也不会发笑,至少因为他们是带点农民气质的矿工,而现在把他们排列在一起就不同了。高矮不一,胖瘦差异很大,有的憨厚,有的古板,有的精明,而有的还带点傲气的样子"看我的工资比干部都高,每月挣他七八十元"。真是八仙过海的群塑。他们当中资格最浅的也是刚解放后入的矿,工资升到八级,像石旦、李卫东就是新中国成立后下井的。大概是历史进程太慢,这些斗大的字不识几个的人,到了70年代都成了矿上的生产骨干。调度室、生产科、安检科、各个采掘队开拓队的队长、科长等,差不多都是这些人,他们凭着最纯熟的挖煤技术、老掉牙的小煤窑经验,浑身使不完的劲。即使"文化大革命"停产闹革命的年代,他们都自觉组织起来下井挖煤,保证煤溜不断线。但在已实现采煤机械化的今天,他们就常闹笑话。比如说上综采队,一次采全高就是把6米的三号煤一次采过去,他们就大吃一惊。矿上用锚杆打眼喷浆岩巷,他们傻了眼。

见这些人围绕矿上的事瞎叨叨,李卫东用牙齿咬开酒瓶盖就朝嘴里倒,一瓶二锅头让他咕噜咕噜几口下到肚里一半。

"李老八,你这不是喝酒,你这像武松上了景阳冈,喝醉酒想打虎哩!"

"一口一口喝才会醉。"李卫东放下酒瓶瞪了一眼说他的那个人。

自从王全喊出的外号叫十个人为"十元老",其他人不觉得这是侮辱,反而以为有趣、自豪,谁喊都应。只有李卫东一个人例外,别人一喊他"李老八"他就骂人:"喊得个啥哩,我不爱听。"人都有这样的怪脾气,好像生来就是要跟谁作对一样,几个"老八级"就再没有人喊了,只有李卫东的"一根筋"保留了下来。

刘柱叫他们到家里喝酒无非是借酒浇愁,发发牢骚。

"什么向机械化过渡,还不是变着法子让我们这些大老粗下岗!"

"有文化的领导就是鬼点子多,还不如给我们讲明白,不能干就回家种地去。"

"什么去行政科、退休办、绿化办、洗煤厂,比让我们去讨饭好听点。"

"反正我们是新开矿的工厂,没有功劳有苦劳。"

"'一根筋',我们这些人只是听令。你难道就这样罢休了吗?副局长当年和咱们一块下过井,经常提到你的大名,你就不能去给咱们说一说,就是到辅助部门也得有个职务吧!"

这时刘柱把酒往桌上一磕说:"是呀,你李卫东带个头,怕什么,咱们到矿务局告矿长王胜一状!"

"怎么,你回柱子的胆量叫狗吃啦!"

众人七嘴八舌挑动李卫东。

可是李卫东任人怎样捉弄,打定主意不吭声。要是前十几年谁要是捉弄李卫东,绝没有他的好戏唱。1978年李卫东带的班10年安全无事故,他被矿工会推荐为全国煤炭系统劳动模范,上报到局工会,干事杨金海一看材料里说李卫东是从大同矿来的,听说当时大同的"造反派"说他是矿主的狗腿子，把他绑在凳上整整一天没吃没喝，差点要了他的小命。因此杨全海专门来凤岭矿找李卫东谈："李班长，听说你在解放前给窑主当过狗腿子？"李卫东火冒三丈，气哼哼地说："是那伙王八旦想给我小鞋穿，我解放前和我石旦哥都还是孤儿，怎么能成了矿主的狗腿子。"杨全海又问："那你一年不休息星期日上班又是为了什么？"李卫东说："我一没老婆二没孩子，光棍一个，到井下做点事心里觉得痛快！"杨全海觉得这个人很直爽，也就不再问了，这样李卫东才算当了这个劳模。

李卫东心里有数，刘柱他们跟他泄私愤发泄不满，是为了谋个一官半职，我李卫东只知道摸斧头下井干活，说啥也不能给他们当炮灰，破坏矿上的规定。他想到这里，将酒瓶往桌上一扔,装着喝醉了的样子朝门外走。

"李老八,到哪里去?"刘柱拖住他。

"醉了,要去小便一下。"李卫东说。

"鬼话,你的酒量我还不知道,只要有菜,一喝就到了天明。"刘柱肯定地说。

王五孩、王二狗上前拽住李卫东的双臂说:"喝不醉不能出门!"

"我去撒尿总可以吧!"李卫东叫喊着。

"撒尿也不行!"全桌上的人硬赖。

"我叫尿憋死了,我叫尿憋死了!"李卫东见此不能脱身,索性乱叫乱跳,终于上厕所溜了。

六

　　王全队长让李卫东休息，暂时不要下井，待过几日思想转了弯，想通了再下井。李卫东没有什么业余爱好，下象棋也是个半拉子，还是石旦队长在的时候，去他家下几盘棋解解闷，剩下打扑克、钓鱼、玩球类等娱乐项目，他通通不会。就连矿上组织的文娱活动也不大喜欢，平时除了到俱乐部看看电影，每天上完班，一身的劲刚好在井下消耗完，上来洗个澡，在食堂吃完饭，就是到小公园乘乘凉。这天，李卫东来劲了，非想上白马寺森林公园转一转，这是条土坡路，走着走着，还喘起气来，心里想还不就是五里路嘛！非上去不可。上着，上着，想起下井上早班的事：上完井洗完澡,吃完饭,倒在床上舒舒服服一觉睡到大天亮,第二天又精力充沛地下井。年复一年从来没感到日子难过,也从来没觉得无聊。现在一闲下来,真的不知一天该怎么打发过去。早上又想在床上多睡一会儿,可是不知怎的,腿骨头又痛起来。穿衣,洗脸漱口,故意磨磨蹭蹭,不管他怎么慢,终究用不了半个钟头,然后就觉得没事可做了,这上白马寺森林公园吧,真还喘起气来了。走着,走着,突然听着山坡的草丛里有婴儿的哭声。李卫东赶紧过去一看,孩子被小被子包着,拼命蹬着脚,哇哇大哭,嘴上有毛病,是个"三片嘴",就是上嘴唇有个豁。

"这是谁家的婴儿,放在这山坡上?"李卫东这么一喊,把上山的人都惊动了,大家都跑来看,这是一个女婴,身上是用大红布包好的,上面还放着一张红纸条,条上写着:"但愿好心人抱养你。"

"作孽呀,一个吃奶的婴儿有毛病就不要了!"

"准是私生子,不然谁舍得丢身上的肉。"

"除了嘴上有豁以外,你看长得多乖哩!"

众人一议论,婴儿哭得更厉害了,听那声音是饿坏了,李卫东把从刘柱家拿的糖,给婴儿舔了舔,婴儿拼命地吸着,马上不哭了。李卫东看见没人抱,就挤进人群说:"来来,我来抱,没人要我要!"

李卫东想起石旦嫂该回来啦,抱上婴儿一溜风似的跑到她的小商店,正好石旦嫂开了门,他惊喜交加,嘴里喊着:"我给你抱回个女婴儿。"

"谁家的婴儿?"石旦嫂问。

"在白马寺半山腰路边捡的。"李卫东说完,一时不知该说什么好。想起王全这小子还真的没骗他,一个月不见,石旦嫂的确胖了点,皮肤白净,苗条好看。以前那张脸又黑又瘦满脸皱纹,现在变得红光满面了,那双大眼睛转来转去,又多了一点喜色,再加上合体的绿花衣服,使年近三十七岁的石旦嫂,荡漾起一种令人着迷的女人的春色。难怪王全说她好看了。他呆呆望着石旦嫂。

她被李卫东望红了脸,便温顺地说:"你看那女婴儿多乖,捡回来了咱就养着,我那店里有奶,能喂她。"石旦嫂把小商店门关上,对着李卫东说:"走,回家吧!"

李卫东觉得石旦嫂总算答应了,高兴地

抱着婴儿远远跟着石旦嫂朝家属区的一排平房走去。

凤岭矿设计时因煤层浅就建成坡井,有一千多个台阶,那时国家经济还困难,所以提出"干打垒"建矿,所以家属区和洗煤厂挨得很近,都是小瓦房,石旦嫂又住在一排一号,所以只要站在外面,矿区就看得一清二楚,那井口、绞车房、洗澡更衣房、职工宿舍、职工食堂、洗煤厂的煤堆不知看过多少遍了。

经过整顿矿风,七点的班前会准时开完就整整齐齐下井了,猴车像一条龙似的上上下下把矿工送到井底。猴车就是往绞车钢丝绳上再挂一条钢丝,上面有一个座,矿工左腿一跨,就坐上了。原来洗煤厂是混合煤,经矿上改造,现在有各种类型的块煤或煤末,十几个车皮一天拉六七趟。接着"呜——"一声火车头喷了几口气,搭钩声、汽笛声传过来,火车开始动了,听得很清脆,却不强烈,就像站在火车旁边。

"卫东,怎么这矿井你就看不够呢,那么入迷。"石旦嫂又停下来喊他。

这时的李卫东赶紧追上石旦嫂。

"进屋吧!"石旦嫂推开家门说。

石旦嫂哄着婴儿睡了,又把她放到小屋床上,这是间有两个卧室的平房。

李卫东高兴地对石旦嫂说:"你一走我就像丢了魂似的,不知该干啥好,除了上山,就是在小公园闲坐着,特别无聊,心里还是想着那把斧头,把自己所干过的一切,当成今生今世追求的梦,一直在心里装着。"

"你呀,和你石旦哥一样,一天就是钻在

煤眼里，就没别的话。"石旦嫂有些不耐烦了。

"我，我，我瞎说，我不对。"李卫东这时真像被钉子钉住了，站着一动也不动。

石旦嫂从小屋出来说："卫东，你还怪我呢？……"

"没，没，没……"他结结巴巴地说。

"没有就好，在屋里老实给我待着。"李玉梅用手推了一下他的背。

那双温温的手，隔着背触到他的心窝了。他的心荡漾起来，但他这一回稳重多了，不敢动手动脚，一进屋就规规矩矩坐在椅子上。

石旦嫂飞快地拿出一瓶二锅头和几样下酒的小菜：一盘花生米，一盘火腿肠，两根鸡腿，一盘牛肉片。

李卫东打开酒瓶盖抿了一口。

"酒好吧?"石旦嫂问。

"好好,又香又醇!"李卫东伸出舌头做了个鬼脸。

"那就多喝几杯。"石旦嫂冲他笑着。

李卫东点点头,问:"你不是说走一个月吗?怎么才回来?"

"你猜呢?"石旦嫂又是一笑。

"我不是你肚子里的蛔虫,怎么知道你为啥提前回来呀。"

"你真是傻瓜,这也猜不到。"

这样一提醒,他明白了八九分,但他没有吭声,只是嘻嘻地笑,喝酒,夹菜往口里放,酒是这样的美,菜是这样的香,不知不觉,酒瓶就空了大半截,盘里的菜也快要吃完了。

"卫东,菜少了吧?我再给你切一盘西红柿,做一碗小酥肉,做菜不能成单,必须成双。"石旦嫂见他今天胃口好,心里高兴。平素他有一盘花生米就喝酒了。

"不要了,不要了。"李卫东有点不好意思了。

"卫东呀,你这就见外了,你对我们娘仨的恩情,我感谢都感谢不过来,今天弄点小菜,让你喝点酒,慰劳一下你。"说完,李玉梅搬了一个凳子到厨房柜子上的篮里取小酥肉,她穿的绿底红花上衣有点紧身,站到凳子上双手往上抬时,腰上便出现白白的一片,使李卫东看得眼花。

"哎呀,还够不着,卫东,你抱我一下。"石旦嫂说。

李卫东真的抱起李玉梅的大腿,往上一

举取下来小酥肉,他的嘴挨着她的肚皮,女人身上的香味,使他浑身酥软了。她笑了一笑,闪了一下腰,一只手就搂住了他的头。他忘记了上次的教训,把她抱到床上了。

石旦嫂这一回不像上一回了,她没有恼,也没有哭,羞答答地贴着李卫东的耳朵说:"今夜就住在咱家吧!"

从此以后,李卫东的工资除了零花钱都交给李玉梅了。李卫东在李玉梅住的房后开了一块地,又用他那把斧从山上砍的荆条围了一圈,里边种着小葱、豆角、白菜、黄瓜、西红柿,样样都有。闲时李卫东就到李玉梅开的小商店看一看,站在柜台里给李玉梅讲矿里的故事。李玉梅讲:"咱那两个孩子争气,考试都在前三名,我妈管得可严哩!"李卫东高兴地说:"那就好!"

两人说着笑着，一会儿就把拿出来的熟瓜子吃完了，茶水喝了一杯又一杯，不觉天就黑了。李卫东恨王全这小子不让他下井，这三天不摸斧头心里特不是滋味。本满腹怨气的他，此刻在李玉梅的柔声细语中得到了安慰。

有一天，李玉梅说："卫东，有人在背后说咱俩的闲话啦！"

"管他闲话不闲话，咱这不是也叫恋爱嘛！按理说我这老八级也算有点脸面嘛！可是谁看得起哩！"他不在乎地说。

"你们男人都是不要脸，我可是没脸去见人了。从我守寡开始，那可是清清白白，现在一下坏在你手里，你就这样不在乎……"话没说完，李玉梅就哭起来了。

李卫东一下手忙脚乱，话也说不出来

了,停了半天,软乎乎地说:"那你说怎么办?"

李玉梅停住了哭,坚定地说:"名正言顺地去领结婚证!只有这样,才能堵住那些说三道四的人们的嘴。"

李卫东松了一口气说:"那有什么难的,到市民政局去领上就是了!"

"有你说得那样简单吗?"她真切地笑着。

"那你说怎么办吧!"他没理解。

李玉梅笑着说:"咱们俩结婚的事,总得和我妈还有两个孩子商量商量吧!"

"好。"李卫东点头表示同意。他又接着说:"你走之前咱俩得到医院先把这个女婴的嘴治好,经公安部门登记后,再送到市保育院,你再走。"

"那行!"李玉梅慷慨答应了。

七

一星期后,把婴儿的事处理完毕,李玉梅跟李卫东说:"你等着,我六七天就回来了。"

李玉梅走了。李卫东心里忐忑不安,就像没了妈的孩子,东串也不得劲,西串也不是事,感到有点心慌意乱。心想:看她的情态,听她的口气,只要她妈同意了,就会很快回来的。至于两个孩子都上高中了,很懂事,不会不同意的。记得两孩子上初一那年,放暑假时,李玉梅带着石英、石勇来凤岭矿住时就找过我,跟我玩得很好,很伶俐,很调皮。有一天,我领着他们弟兄俩到矿上小公园,石英高兴地和我说:"李叔叔,你看那牡丹花、玫瑰花、串红花开得多好,松柏树长得那么茂盛,冬青一圈圈围着它们,真好看。"石勇接着说:"李叔叔,你看那两人搂不住的三棵大杨树,像桃园三结义,第一棵是刘备,第二棵是关公,第三棵是张飞。"说完逗得三个人都哈哈大笑起来。当他们走到鱼池边时,又看到盛开的荷花,鱼儿川流不息地在水里游来游去,这时石英跳起来说:"李叔叔,我想要一朵荷花!"李卫东笑着说:"矿上有规定,只能看不能拿。"李卫东领着他们走出公园,看到了高大的选煤楼,又看着呜呜叫的一列火车开进矿来,他们喊着:"真好玩,真好玩!"这时李卫东说:"别再玩了,回我宿舍给你们讲故事。"两个孩子喊着:"那好!那好!"回到宿舍,李卫东给他们拿了两个小板凳,让石英、石勇坐下,他坐在门框上讲开了。

有一次,你爸和我一起下井,我们开开风门走出东大巷时,突然遇到下料车开到半路三节料车脱轨了,运料司机一下不知该怎么办,于是准备到井下医疗保健站打电话,正好遇上你爸和我,你爸朝料车司机喊:"小宋呀,你别去打电话了,我们帮你。"于是我和司机松开脱轨料车挂钩,拿了两根木棒插在料车底,用肩膀扛着,你爸用屁股顶住车帮,三人同时使劲,才把三节料车一节一节地推到轨道上。司机小宋感动地说:"谢谢石队长,李班长!"你爸说:"快开车走吧,别误了工作面用料。"

走着走着,到了采煤三队进风巷,碰上机关干部在那里参加劳动,往三队工作面传递背板,一位办公室干部叫王斌,他和大伙卸下料准备放空车,巷道是下坡轨道,他一放车,身边的一盘钢丝绳往出转着甩出来,一下把王斌打倒在地。我一看此情景,背起他就往井口跑,你爸在后面扶着腿,到了井口,坐上车上了井,救护车就在井口等着,送到矿务局医院,一检查是双脚粉碎性骨折,4个月后王斌才出了院。矿领导还表扬了我和你爸。

石英、石勇听了高兴地抱住李卫东喊:"爸爸、叔叔真棒,爸爸、叔叔真棒!我们要当矿工,我们要当矿工!"然后,弟兄俩跑出门去了。

这是他们小时候的事,人大了心事也要变的,想的事也就多了。怎么对待母亲的婚事,很难说呀!

李玉梅走时说过,六七天就回来了,一

星期过去了,怎么还不见她的影子？李卫东去车站接了三次没见她的面,是李玉梅变了卦,还是她妈不同意,还是别的事耽搁了,他无从判断,他只清楚自己脑子如今已乱成一锅粥,闹得他吃不好,睡不着,坐不稳,7天的时间难熬呀,他像得了"魔风病",走起路来都是深一脚,浅一脚,东摇晃,西摇晃。他应该明白,他还有一种感情,能搅得五脏六腑都不安,这并不亚于他对矿井的眷恋。

8天过去了,李玉梅还没有回来,李卫东有点绝望。肯定是她妈不让她改嫁。两个孩子都十七八了,今年又要考大学,家里日子过得还不错,哪能去嫁人呢,而且还是嫁一个手有残疾的挖窑矿工。他伤心、哀叹,每天像丢了魂似的。

李卫东收拾完李玉梅的小菜园,刚出来

就听见小孩喊爸爸、妈妈的声音,李卫东赶紧跑到孩子喊的地方,一看是在铁道旁的两米多深的石灰坑里有两个七八岁的孩子,李卫东问:"你们是怎样下去的?"孩子哭着说:"转圈圈滑下去的,叔叔快救救我们!"李卫东毫不犹豫地跳下石灰坑,让其中一个踏着他肩膀,他站起来再用手托着孩子的两只脚硬推上地面,直到两个孩子都上来。李卫东对他们说:"不准跑,等我上去,送你们回去。"

王全现在被提升为生产副矿长,采煤一队队长由王小三担任。王小三勤劳、精明伶俐,是由大同煤校毕业分配到凤岭矿的,年仅24岁。经过一年多的考核,矿长提名,矿务会通过,提名李卫东为采煤一队副队长。这时的王全没透露这一消息,他想再试探一次李卫东,看他说些什么。他看完延长的道轨工程,就碰上李卫东领着两个孩子往家属房走,王全拦住他说:"李师傅,这些天你的心态好多了嘛。"

李卫东蹭了一身土,样子十分尴尬。"好个球!"他没有好气地回答王全。

"那你到俱乐部活动室,负责管管台球,下象棋,打麻将,打扑克,乒乓球,管十几个人,把卫生搞好就行了。刘柱不是常在那里玩麻将吗?"这时王全一边走一边用手把李卫东头上的泥土捡掉。说:"如果你愿意去,我就交给你管。"

"我不去!"李卫东把王全的手甩掉说:"俱乐部活动室,那是我去的地方?都是退了休的矿长、科队长去的,办公室还装了台电脑,那简直是瞎子摸灯,我哪懂得那玩意儿。反正我是不去!"

王全已猜透了他的心思,解释说:"你以为这些人不是和咱们一样,当官的退了一身轻,你就和他们讲个人生活的事,就能沟通干部和群众之间的关系。讲矿上的变化呀,就可以听到许多宝贵意见,不论批评和建议,就是有人骂娘,也反映了一种情绪,你可以在那里放放思想包袱。心中不痛快,说出来就舒服些。"

"我不去!"李卫东的心情稍微平和了些。

"那你想不想干点什么?"

"我娘生我就是挖窑的命,就是死也要死在煤窑里。"

"我看你真不想做事了,干脆退休了吧?"

"退休?还欠我好几年挖窑工。"

"提前一点没关系,待遇不少你的。"

"那……好吧……"

"哈哈哈……哈哈哈……"王全大笑起来,心想:今天可知道了你的底细,怨不得大家都叫你"一根筋"。明天到交接班室再宣布对你的任命,给你个惊喜。

两人说着说着,走到家属院,李卫东高兴地说:"王矿长,我去送了这两个孩子。"王全点点头就回办公室了。李卫东领着两个孩子走到家属院五排,两个孩子就喊起来了:"爸爸,妈妈,我们回来了。"两家人都出来了。孩子又喊:"是这个叔叔把我们从石灰坑里救上来的。"

两家的父母一个劲地握住李卫东的手:"谢谢,谢谢……"李卫东说:"看好孩子是我们的责任,尤其是工业区,不能让孩子去玩。"说了就往宿舍走,走到俱乐部的小广场,有一群年轻矿工,也有老同志,突然赵二愣喊他:"李老八,你过来听听大家说什么。"于是,他就坐在广场小板凳上。赵二愣就津津有味地讲起井下遇到的怪事,讲死去矿工的轶事,比如说石旦队长的死,就是老天爷让他走了。又比如:"冯德才你们认识吗?有一回我让他往回风巷里扛木板,他说:'我不去,我要上井了!'在井下哪能当逃兵,果然他怕被安检员看见,去爬堵死的回风巷,结果吃了瓦斯,叫阎王爷收了他那条小命。还有一次,往采煤六队运背板,愣小子牛旺就没听到巷里还走着两名矿工,他就放车了,结果半路车一掉道,把两名矿工给撞死了。"这时的李卫东再也听不下去了,站起来说:"赵二愣,你就没别的说了,你怎么不说咱矿上综采了,你怎么不说咱矿洗煤厂改造了,你怎么不说咱矿建起水上公园有橡皮划船,有蹦蹦车,有转飞机,有游泳池,有爬杆架呢!对着这么多的年轻人瞎说。"在场的人们哈哈大笑起来。李卫东生气地一扭头往宿舍走去。赵二愣在背后骂"一根筋"。

李卫东走着想着,矿领导眼里还有我这个挖窑的,我要上任就学着石旦哥那样有胆力,有魄力,保安全,促生产,当好配角,再扶小三一程,退休后回大同种地。这天,李卫东心里高兴,从李玉梅小商店拿了一瓶二锅头,到食堂要了两个小菜,独自喝起来,晚上睡了个好觉,第二天上任了。

王全副矿长从调度室出来,正好碰上李卫东说:"李师傅,咱们同一天值班,怎么样,还满意吧?"

"咱就是个挖窑的,干这活得手。"李卫东接着说:"前天晚上,我做了个噩梦,梦见石旦哥来叫我了,说:'别再干挖窑的活了,来我这里也不错,你看矿领导给我那么高的荣誉,我还不是老老实实躺在松木板上嘛!你来时不要向领导要柏木板了,给矿上节约点,松木板也可以。'就这样,莫名其妙被吓醒了。"

王全笑了笑说:"我看你在说疯话,你身体这么健壮,至少再活他三十年没问题。好好上你的班吧!"

李卫东低声地说:"那我到点退休了怎么办?"

"别这么讲,人都是要老的,精力都要衰退的,又不是你一个人,井下年龄到了,这是国家规定,必须退休!你真要有瘾,退休后我到小煤窑给你找个顾问当当,你看行不行?"

"那好!那好!一言为定。"

王全副矿长这时想,李卫东和刘柱那些人不同,别说他的技术,光是他对矿井的感情,也是青年矿工的楷模。如果还让刘柱那些人留在井下,那还搞什么改革,搞什么现代化矿井。记得他在采煤四队任队长期间,王胜矿长让他在工作面搞钢架支护,他拒绝了,怕安上钢架支护回不出来要罚款,一根就罚二百元,并发牢骚:"谁干那傻事!"后来王矿长免了他队长职务,让他去绿化办,把钢架支护交给采煤六队了。这时王全对李卫东说:"别人是烟瘾、酒瘾、色瘾,你是下井瘾,在井下不砍几斧头,心里就不痛快。"

"咱就是下窑的命。"

李卫东突然想起他还要去给李玉梅的菜地浇浇水,把菜收回来,就对王全矿长说:"我先走啦!"给菜地浇了水,又去小商店看了看,门锁得紧紧的,这才向宿舍走去。

八

李玉梅终于回来了。李卫东觉得有点云里雾里,只想是自己在做梦。他用牙齿去咬自己的舌头,舌头发痛——这是真的。他的心陡然被转进了大旋涡,惊喜、欢爱、感伤、怨恨一齐跟着这旋涡打转转。自李玉梅超过预约的时间没回来,他就自认为是癞蛤蟆想吃天鹅肉——没指望了,再不敢做李玉梅的恩爱丈夫的好梦。尽管自己酗酒,在各种各样的刺激中混日子,但始终没法把李玉梅给忘掉。他每天都去家属区看看菜园,将成熟的菜摘下来送给邻居,然后去看小商店门锁好了没有,如同自己家一样。可以说,他跟她的爱情,是用多年的艰苦岁月和各自人格写成的。他们的爱本身就是用人类最伟大的感情——同情和爱怜垒成的,她伤心的是,她才把爱的甜蜜给了他,又遇上她妈这个老顽固,就是不让嫁下窑的,往她头上浇了一盆凉水,把实实在在的爱、温暖、安慰和体贴全带走了。两个孩子已经上了大学,同意妈妈的爱情,他们知道卫东叔叔是个好人。直到全家都劝老妈,她老人家这才点头同意了。因此回来晚了。

"你……回来啦……"李卫东连名字都不敢叫了。

"嗯,回来了。"

"就走了十几天,叫我好等呀!"

"好难等吧?"李玉梅看着卫东笑了笑说:"我比你还着急,想早些回来呢,可事不由人呀!"

"这样说来是你妈同意了吧?"李卫东心动了一下。

"同意了。"李玉梅激动地说:"从此以后叫名字玉梅那才好听。"

"是!是!"李卫东兴奋地说。

真是喜从天降,李卫东高兴得手脚都不知该怎么放了,好久才想起去接李玉梅拿的提包。他想今天不知是什么黄道吉日,好事情都落到他头上来了。早晨起来好像听到喜鹊在树上叫!几十年没流过一滴眼泪,此刻却泪流满面。这时的李玉梅也哭了,她也是觉得这幸福太来之不易了。

"看,我们这把年纪倒撒起娇来了。"李玉梅擦干眼泪说:"快进屋吧!"李卫东这才转过身去开门。

进到屋,李卫东刚放下提包,两人开始接吻。好半天李玉梅高兴地用手指着肚子说:"我有了!"李卫东高兴地跳起来喊:"三十七八岁了还能生?"李玉梅说:"是呀,这是经过医院检查过的!"

李卫东笑着说:"生下来就叫李继英吧!"

李玉梅温和地说:"听你的就是啦!"

"玉梅,你提这一大包是什么东西?"李卫东傻乎乎地问。

"笨蛋,办喜事用的……虽然我们……但是不能太寒酸……"

"嘻嘻,那我听你的!"李卫东听话地说。

"咱们赶快去办正经事吧!"李玉梅肯定地说。

"什么正经事?"李卫东问。

"领结婚证去!"李玉梅着急地说。

"那现在就去吧?介绍信我已开好,正好有公交车。"李卫东说。

李卫东和李玉梅坐上公交车到了市民政局,没一个小时就办了结婚证。李卫东领着李玉梅又去照了张婚纱照,到街上去逛了。李卫东发现有一家金银首饰门市部,和李玉梅就进去了。李卫东亲切地说:"你喜欢啥?"李玉梅说:"省点钱办事用吧!"李卫东执意要买,让售货员拿出金戒指、金项链来,让李玉梅戴戴看好不好,李玉梅只好试试,李卫东看见自己的老婆戴上笑得像花儿似的,高兴地给售货员交了款,领着玉梅就回家了。

李卫东高兴地告诉李玉梅说:"我还有件事没告你!"

"啥事?"李玉梅问。

"我当了采煤一队副队长,咱家的电话就不用撤了!"

"人家刘柱到了绿化办,你怎么又去当副队长?"

"咱就是个下窑的命,不下手还痒痒。"李卫东说完,公交车就到了矿上,两人相跟上回到家属院进了屋。

晚上,李玉梅做了两个凉菜、两个热菜,让李卫东喝了几盅,两个人像年轻情侣一样沉浸在甜美的爱情之中。

早上8点,巩六给李卫东打来电话,要他去矿务局医院外科2号病房,可能采煤六队小巩六出事了。李卫东告别李玉梅,坐上公交车去了医院。李卫东进到病房时,巩六叫了一声"李叔"就哭着说:"我回柱一不小心把右腿压断了,外科主任说得做截肢手术。"李卫东安慰巩六说:"你要配合大夫做好手术,不要胡思乱想。"李卫东看见外科值班台有人献血,站起来对巩六说:"我是O型血,去给你献点血,免得你手术不够用。"然后李卫东走出医院。

九

干煤矿的,不定什么时候就有不测风云。试采的综采队工作面割了几刀煤,打了几个来回,液压支架移动了三四次,采空区顶板就没放下来,这是罕见的事,因为工作面就150米长,有一百根液压支架,为什么顶板不能塌下来,难道是一块整体吗?如果是整块,足足可以把整个工作面埋掉,把风巷和机巷一起压垮。把全套综采机压坏,这时的王全副矿长吓出了一身冷汗,而王胜矿长却是沉着应对地看了工作面,现场立即做出处理方案:给调度室打电话,让下料队马上下3米高直径30公分的木柱100根和背板运到综采工作面,从工作面靠近液压支架后面,分两组从中间开始进行,一组是由总工冯斌、综采队长牛清等10人组成从东向西支护,一组是王全副矿长和采煤一队副队长李卫东等老工人组成由西向东支护,完成之后向顶板打眼放炮震动顶板塌下来,现在各组马上组织力量进行。王全一听着急了,他不要命地从井下爬上井来穿着下井服装在调度室给李玉梅家打电话,结果没人接,然后朝李卫东宿舍奔去。

屋里没有人。李卫东床上倒是很干净,床上铺着新床单,被子也很整洁,衣服、毛巾挂在铁丝上。他又马不停蹄地跑到家属院,一看李玉梅门锁着,就往外返,走到五排时听见有人大笑,王全推开门一看是刘柱他们在打扑克,刘柱脸上贴着满脸白条子。王全气愤地喊:"你们绿化办上班时间就是干这玩意的?成何体统!"

刘柱没想到王全会在这个时候出现在他的房间,并且是一脸怒气,他慌慌张张站起来,满脸纸条没有来得及撕掉,愣愣地望着王全,发痴发呆的样子。王全顾不得训斥他们,急忙问刘柱:"见李玉梅没有?"刘柱赶忙说:"去了小商店!"王全没有再回答,直奔小商店,李玉梅就是在这里,正整理货架上的商品,王全走进来问:"玉梅,李师傅到哪里了?"玉梅赶忙说:"早上8点采煤六队巩六打电话让他去了矿务局医院。"王全话都没来得及说,坐着吉普车直奔矿务局医院。车刚到医院门口,李卫东正好出来,王全喊:"李师傅,赶快上车,综采队放不下顶来,矿长让你参与处理!"李卫东听了,二话没说就跳上车,心想该是我老李发挥作用的时候了。王全说:"李师傅,我给你带了工作衣、矿帽、矿带、矿灯,赶快在车上更衣,越快越好!"李卫东把下井衣服穿好后,吉普车已停到井口,这时,刘柱从洗煤厂后坡树林里跑下来,看见李卫东下井便喊:"李老八,你今天可要干出点样来,给那些年轻矿工看看,别让人家讽刺咱们这帮老家伙!"李卫东着急下井没有搭理他,就和王全坐上猴车下到了井底。王全有点着急,想跑步前进,李卫东紧跟着,推开风门进入了东大巷,向三盘区综采工作面前进。李卫东对井下巷道了如指掌,就像一只蜘蛛发现了猎物,会沿着最近的路线扑上去一样。李卫东跑着跑着,赶不上王全了,他心里暗想:"真的不行了,跑了这一节路,还喘气!"他定了定神,把头上的矿灯扭开,借着这一线光,他又看到了一块连着一块青石头砌的巷道,挂着巷壁上的电缆、水管、风管像是没有尽头,却又全被这三米多宽、两米多高的巷道封着,跳都跳不出去。一切都是他熟悉的,像和老朋友见面一样亲切。他心里有底,有一种轻车熟路的感觉,仿佛自己昨天还来过似的。李卫东这时放开脚步跑,紧跟着王全,这时他觉得矿灯就是矿工的眼睛,再黑、再窄、再湿、再烂的巷道在矿工面前,都变得清清楚楚、层次分明,再难的地方也能征服了。他边跑边侧耳听自己和王全的跑步声,脸上露出了一种欣赏的喜悦,感到矿长处理顶板下塌的方案有胆识,有魄力,是我们的好矿长。

井下有响声的东西太少了,因而他们俩的跑步声在这里也成了最动听的音乐。在地面上,走路虽然也有响声,但有响声的东西太多了,流水声、鸟叫声、风吹树叶声、雷雨声,哪一样也比不上今天他们俩的跑步声优美好听。平时井下就不同了,放炮声、挖煤声、风机声、电车声,永远是那样单调重复,带有刺激性,唯有这脚步声因被巷道所限制而变得极其多样:胖人走路沉重,瘦人走路轻松;腿长的走路节奏悠扬,腿短的走路节奏急促；情绪好的人走路欢快，情绪坏的人走路沉郁；还有远近、上下之分，大巷与小巷之分，干巷与水巷之分，总而言之都是有差别的。今天，在李卫东心目中，跑步声就是一首美妙的乐曲，他觉得格外清新、明快、荡气回肠，在巷道中有时跑得快，有时跑得慢，有时紧紧跟着王全，有时又被王全落得很远。李卫东今天的举止只好用"激动"两个字来形容。这时王全回过头说："李师傅，你今天一定要冷静点，沉着应对。"李卫东嗯了一声。综采工作面已经出现在面前，战斗马上开始。

这一次，李卫东可亲眼看到了庞大的综采工作面，采煤机是一个巨大的圆形滚筒。滚筒上面排列着许多螺旋形的钢齿，有点像鹰爪子，总之样子十分骇人，像是有无比巨大的神力。滚筒下面是一个犁形装煤器,就是这东西把破碎的煤送到链板输送机里。而我们采一队工作面全是由采煤工一锹一锹攉到电溜子里,五六个人攉一百下还不如它转动一下。更使李卫东感到惊奇的是,排在工作面的100根液压支架锃光发亮,如同一只巨大的手掌,轻轻地托着顶板,使人一见就产生了一种安全的感觉。这真是小狗比大象——没法比。原来在设备库放着,我还满不在乎地给王全说:"不就是些铁圪塔、铁板板吗?"王全给他说:"你简直不知道这组合起来的综采机组的威力,它是从德国进口来的,三千万呀!"李卫东说:"如此大的场面,从未见过,现在我明白了。"现在这个巨大的东西面临危险,需要我们来处理,他有点得意,又有点紧张。

十

李卫东和王全跑步进入综采工作面,所有的处理人员全部到位,材料全部到位,王胜矿长宣布按组开始。说罢,王胜矿长又到李卫东跟前谦虚地问:"李师傅,你看还有什么意见?"李卫东思考了一下说:"王矿长,我同意你的处理方案,但是你要组织技术过硬的人员打眼放炮,因为这是关键,炮眼深浅,炮眼的位置,装炸药多少,决定我们成功与否!"王矿长点了点头。

王全和李卫东这组是由西向东进行支护,全组到位,李卫东看见组里人有的站在那里发愣,心里着急了,带着火气说:"你们站着干什么,赶快往里搬柱子呀!"说完,李卫东搬起一根柱子就朝采空区指定的地点走去。其余的人也如梦方醒,扛着木柱跟着李卫东进入采空区液压支架后面。李卫东麻利地支起第一根柱子后,看了看顶板黑漆漆的,像黑夜的天空,只是没有星星,也没有月亮,就在他抬头的一瞬间,他突然感到一丝惊恐和无比巨大的压力,好像这天空是用绳子吊着,正向他们逼来。他是老放顶的,但是像这样大面积整齐的顶板悬吊着不下来,他还是头一回领教。根据他的经验,这平整的顶板顽固得很,要不然就僵持着不下来,要不然就是整块往下塌,压力也大得惊人,关键是采空区放炮的深浅大小和装药多少。李卫东、王全一伙已打柱30多根,眼前这个空顶仍然是平整整的,可见是怎样一种威胁。李卫东毕竟是有经验的老工人,是有胆气的人,他支护起36根的时候,用斧头对着采空区顶板轻轻地捅了几下,这叫作"敲帮问顶"。他可以根据敲出来的声音的虚、实、沙、脆来判断出顶板的压力状况,现在顶板是实实的,他才放下心来。

李卫东轻轻地松了一口气,他用斧背把地面的一些碎煤扫开,开始打第37根柱子的支护,打木柱要求一面是平的,一面是瓦形,但由于今天用料太多,又太急,出现了一些不合格的柱子,这就给他增加了许多麻烦,他不得不用斧头把柱子一头削成瓦形。像今天这种顶板,必须把柱子顶紧顶板,才能承受住巨大的冲击力。当他打好第45根柱子时,发现王全在他的后头打了一根柱子,他上前去,用手抱住木柱两个角,使劲摇了两摇,木柱便"哗"的一声倒在地上。

"这样支护的木柱顶个屁用,你试试我的!"

王全也学着李卫东的样子用手抱住木柱两个角,用尽浑身劲也没有把李师傅的柱搬倒,他从心里佩服。

"咱这可不是吃煮圪嗒几口就吃到肚里那样容易!"李卫东挤了挤眼睛,笑了一声,又继续支护起他的木柱来了。王全就站在他的跟前,发现他打木柱还有许多技巧。他放两块底木时,要用斧背铲得很平,背木板时,都要用手摇一摇,不稳的地方要再塞进一块木片,柱子的四边也很有章法,每根柱子都限制在平整的地方上,王全这才明白了李卫东打的柱子牢固的诀窍。李卫东打最后一根柱子,感到一阵心慌,头、手、脚都软绵绵的,从来没有这样心烦而急躁过,是李玉梅回来把他的心搅乱了？不是！还是自己力不从心了。李卫东这时出了满身大汗，工作衣全都湿透了，他把上衣脱下，光着肩膀，显出了有点弯曲的脊背。

李卫东的脊背实在叫人惊讶，发达的背肌，一起收缩，一起扩张，给人一种健壮的感觉。叫人想起那些健美运动员、举重运动员。然而这仅仅是粗看，在这脊背中还掺杂着许多不甚美观的东西，有带着煤迹的伤疤，斑斑点点，有医生手术留下的伤烙印，扭七裂八，似被取掉一根肋骨一样。力量和意志都写在这个脊背上，丑和美都刻画在这脊背上。这脊背完全是他几十年煤海拼搏的写照。王全这时深感到李卫东临危不乱，这是一个指挥者所具备的品质，他感到有点内疚、惭愧。李卫东也许自己并不清楚王全这一想法,他是为了改革铺了一条路,完全是尽一个老矿工的责任。李卫东支护完之后,看见牛清队长还剩三根没有支上,他和王全过去帮着支护起来,全部人员准备撤到安全区,这时,王胜矿长过来叫上李卫东、王全、冯斌、牛清说:"咱们去采空区后面看看炮眼如何?"当李卫东看到采空区后全是密集炮,心里踏实下来。随后全部撤到机巷安全区。

矿长一声令下,"放炮了"!在安全地方的人们听到采空区"啪啪,啪啪啪,嗡隆"一声声炮响,采空区顶板下塌了。十分钟后,烟尘消失了,大家举手高呼,成功了!成功了!矿长王胜走到工作面看了看,一切正常,令综采队长牛清带领全班正常生产,并把采空区的柱子回收。就在这时,意想不到的事情发生了,李卫东晕倒在王全的怀里,井下保健医师听了听心脏,跳动特别缓慢,并说:"可能是急性心肌梗死!"矿长令马上送矿务局急诊室,临走时,井下保健医师给李卫东口里含了15粒速效救心丸。

上井后,救护车就在井口等着,马上送到矿务局医院急诊室进行抢救,医院动用了最好的抢救专家,守护在李卫东身边。当李玉梅赶到急诊室时,李卫东才慢慢地睁开眼睛,抓住李玉梅的手,有气无力地说:"我——永——远——爱——着——你。"说完,就停止了呼吸,在场的领导和队友都悲痛地流下了眼泪……

缘分

一

刘二狗的实际年龄已到28岁,父母早早就不在了。一个光棍汉在村上找个对象可是难着哩,就这彩礼你就没办法拿出。人常说远亲不如近邻。那一天早上,西院的王婶隔着半堵墙喊过话来:"二狗,你在家吗?"

"在。"

"你等等,王婶有话和你说哩!"

"王婶,有啥话,你就说吧,这个家空落落的,拴不住人。"刘二狗正要锁门,只得把锁头放到窗台上,抱着双拳,立在门口,显出几分不耐烦的样子。

眨眼工夫,王婶过来了。

"王婶,有啥了不起的话,隔着墙说就是了。"

"进屋里说,这院里哪是说话的地方。"王婶不管他乐意不乐意,边说边往屋里走,像回自己家似的。

刘二狗无可奈何,只得无精打采地跟着王婶进了屋。这房子倒挺宽敞的,只是缺了个内当家,东西放得乱七八糟,东倒西歪,柜上的尘土铺了一层。

"你也不打扫打扫?"王婶不由得皱起眉头责怪他。

"唉,那是女人干的事,我不是那块料。"

王婶笑笑,顺势引入正题:"你想找个对

象吗?"

"嗨!不瞒你王婶,昨天夜里,我还真梦见娶媳妇、入洞房来哩!"刘二狗说话就是这么没个正经,也不分个老小,不过同住一个村又是邻居,谁还不清楚谁的脾气,何况和二狗抬头不见低头见,王婶更是不介意。但是,今儿王婶可不是来和他开玩笑的,她紧绷着脸,严肃地说:"二狗呀,王婶过来就是给你当这个媒人呢!"

"那,我得叫你一声干娘!"

"你这张嘴真赖,凭这你还能找上媳妇?"

"王婶,听人说,王叔在的时候比我还厉害,后来,还不是你把他管教得老实了!"

"你再瞎说,我走啦!"

"不敢了,不敢了。请王婶炕上坐。"其实

王婶早坐在炕上了。

"不瞒王婶,除了村东头春苗,我是哪个也不娶。"他说得挺动感情,不像逗乐。

王婶心里不禁凉了半截。春苗是村东头秦小保的老闺女。人常说:人没有十全十美的。可春苗恰恰就是个十全十美的姑娘。村里的小伙子没一个不在打她的主意。村里、镇里、县里提亲的还排着队哩,能轮上你刘二狗吗!王婶心想:我是看你进门一个人,出门一把锁,孤苦伶仃的,怪可怜,才想给你找个伴的,不料你倒想得高。不过话不能这么直说,我在村上也是个人物哩!这样吧,去试一试,不成咱也没丢了什么!

她不动声色地笑笑,半认真半开玩笑地说:"二狗,如果人家春苗不同意呢?"

"那,命里注定我打一辈子光棍了!"

"唉,你也不能在一棵树上吊死呀!"

话说到这种地步,就没商量的余地了。王婶怪扫兴地迈出了二狗家门槛,心里暗暗骂:"不识抬举的癞皮狗。"不过当她走到街上,那两条好为人办事的腿,像不由她指挥似的,三拐,两拐,拐进东头秦小保老汉家里了。正好,秦小保一家人都在。

王婶拐弯抹角地说明来意。不料,那个平日里脾气犟得像牛一样的秦老头,今儿个却一反常态,他喜眉笑眼地说:"婚姻的事还是问春苗吧。"

"有门……"王婶乐得差点儿叫出声来。不过办这事可不能慌张。王婶定定神,转过身,慢言慢语问姑娘:"春苗,把你介绍给二狗,你同意吗?这是终身大事,不能光由大人作主,你得拿主意说话。""问我爹,问我妈吧！"春苗羞得低下了头。

"好！那一锤定音，我就作主了。赶明儿个你和二狗进城照快相……"王婶当机立断。

这是腊月的事。

不料过了大年，过了二月二，正当庄稼人开犁整土地的时候，秦小保站在村街，喷着唾沫叫骂："狗总是改不了吃屎，你刘二狗什么时候学会上我家门上找媳妇了，你小子还想和我家结亲，你是能买上电视机，还是能买上摩托车？你还是能买上冰箱？瞎了你的眼，还想找我们春苗，穷光蛋一个，就没先照照镜子，真是癞蛤蟆想吃天鹅肉，没门！"

王婶知道后，赶紧去秦小保家给他说好话："他秦叔可别骂街，说成了是门亲事，说不成咱也是邻居。"

这门亲事就算了结了。

刘二狗火气正冲着秦小保:"老家伙,到什么时候了你还搞买卖婚姻,我去告你一状。"王婶赶紧劝住:"二狗,可不敢这样做,天下的女人多得是,不愁找一个,你这婚事包在王婶身上,快回去吧!"

二

三月芒种。二狗一气之下,在村长那里看好有个到王岭矿的招工指标,去王岭矿当工人去了。刘二狗走时,专门去王婶家走了一趟,提着水果和牛奶,一方面谢王婶,一方面告诉王婶,我二狗到了煤矿找不上对象不回来。王婶见二狗带着礼品,急忙说:"二狗呀,王婶是外人,无非就是去给你提了提亲,挨了一顿骂,这是常有的事,王婶不在乎。"

刘二狗说:"王婶,咱不是外人,我以后到了煤矿,赚了钱买上摩托车,回来让那个秦老家伙看一看,刘二狗怎么样!"接着说:"王婶呀,这一回你可是帮了我的忙,王婶,你就是我的娘,我想好啦,挣了钱为你养老送终!"二婶说:"孩呀,不敢这样做,咱还有村上管着哩!你走了我给你看好家就是了。"

刘二狗到王岭矿劳资科报到后,先在培训中心培训了3个月。那天,采煤四队王孩班长领上他在职工食堂吃了一顿饭,二狗吃了8个馒头,两盘菜,一碗汤。班长看了很惊讶,感慨地自语:"这小伙子能干,是块料!"

这天,班长开完班前会,告诉刘二狗,和大家互相跟上,咱这才刚开矿,又是古老的采煤法,有点危险,不过只要注意安全,也没啥事，要经常敲帮问顶，眼观六路，耳听八方，学得机灵点。二狗听了说："是！班长。"班长说："在井下干活是黑黑的天，黑黑的海，一天见不着太阳，全凭矿灯的那一束光干活！"二狗说："是！是是！"

放了炮，工作面已经开始了采煤，班长说："咱们十个人，两个放炮人员靠着柱子往溜子里攉煤。"柱子跟前炭块矸石啪啪地往下掉，胆大心细的二狗一股劲地攉煤。班长看见他后，马上让他撤出那根柱说："二狗，你到回风巷，还有六根柱子，和小迷扛进工作面支护。"二狗抢着说："班长，我一个人能扛进来！"小迷生气地说："逞什么能，那你去吧！"二狗装作没有听见，一鼓作气把6根6米长的柱子扛了进来。小迷他们带刺地喊着："好样的。刘二狗，以后我们向你学习。"

这时小赖皮王平也趁热闹说："连个媳妇还娶不上呢,逞什么能!"班长火了:"干活吧,乱说人家干啥!"这才干起活来。

刘二狗不管谁说长道短,他是听班长的,至于找对象用不着别人管,废话多了惹人讨厌。刘二狗和张三、文清支护完6根柱,工作面按规程是很安全了。大伙靠着柱子继续往溜子里攉煤。正在这时,小赖皮王平喊了一句"采空区塌顶了",刘二狗一听就火了,说:"你王平是采煤还是捣乱,明明掉下几块矸石你就乱喊,闹得人心惶惶……"班长过来狠狠地说:"哪有塌顶的事,我看你是唯恐天下不乱,干你的活去吧。"

刘二狗因为找对象的事,也是安不下心来,这天,跟队长苏文请了一个星期的假,回去看看春苗有什么动静没有。刘二狗刚给王婶放下买的水果,王婶着急地对二狗说:"孩呀,咱村里可出了大笑话,传得满城风雨。昨天黑夜,村上的团支部有两人,把梯子放到秦小保院墙上,把春苗抢走了,据说是县共青团的干部。""活该!老家伙不是嫌贫爱富哩,想要人家的钱财呢?这是报应!王婶,从此以后,你也不用操我的心了,对象的事我自己能找上。"王婶安慰他说:"孩呀,可不要着急,还是好好上个班,媳妇的事王婶慢慢给你找!"二狗给王婶说最近咱这里传得一股风,什么"一工、二干、三商人,死也不嫁老农民"。王婶说:"管他们瞎说什么,咱走咱的正道就是了。"

一年之后,刘二狗在王岭矿采煤四队当了班长,买上了摩托车,休息的那天,骑上摩托车回村,从东头秦小保的门前飞驰而过,专门叫老家伙看看刘二狗有钱没钱！还给王婶买了一台二十寸的彩电。村上人议论纷纷：你看人家二狗，真的给王婶买上彩电了，比儿子还孝顺。人们说二狗就是个好孩子。

采煤四队搬到3202普采工作面了。刘二狗领着一班人早班开完会就都下了井，因为工作面水大，队长李三也跟着下井了。刘二狗喊着"大家干活吧"，都才慢慢腾腾站起来，队长对二狗说："咱班顶板不好，矸石经常往下掉，采过的工作面总是出现淋头水大，最严重的时候，顶板压倒一米左右，你们要小心！"二狗听了说："是，队长。"就在这时，一块矸石就要从队长头顶砸下来，说时迟，那时快，二狗推开队长，矸石砸在了他的小脚趾和无名指上，队长赶快叫救护车把他送医院，医生包扎后说得休息三个月。李队长很感谢二狗的反应机灵,否则不知会怎么样呢!

三个月之后,队里为了照顾伤残同志,把刘二狗调到洗煤厂扳道房当班长。那里有两层小楼,楼上是办公的地方,下边是刘二狗的卧室,二狗很满意。刘二狗走的时候,队友们在食堂还包了一桌饭。队长说:"二狗是个好矿工,舍己救人的精神要发扬。"小迷说:"刘班长不能走,在他手下干活舒服,他精明伶俐,又安全。"王平说:"队长,给刘班长找个对象,我们吃了喜糖再走呀!"队长说:"咱们长话短说,先敬二狗一杯酒,来,喝。"结束时,二狗笑着说:"谢谢队领导对我的关怀,谢谢大家对我的关心!"说罢和大伙告别了。

刘二狗到洗煤厂扳道岔这工作也不错,

不过就是责任心大了点。这时,劳资科李干事和洗煤厂厂长李彪说了一会话就走了,厂长对着刘二狗说:"二狗呀,目前只有两个扳道岔,过几天还来一个人,现在你们先干着。"二狗说:"是,厂长。""听你的口音是长治人吧?""是,厂长。""咱们还是老乡哩,以后到家坐坐,拉拉家常。"说完就回办公室了。

三

刘二狗刚上头一个夜班,深夜,风雨交加,他刚巡道,到了扳道房,突然,天上划过一道闪电,惨白的光闪过,他发现火车已经逼近的道轨上躺着一个女人!雷声骤起,山崩地裂。他毫不迟疑脱下雨衣裹在女人身上,扛起就跑。雨下得更大了,雷电在他们身后跳跃着,追逐着……连媳妇都没娶上的一个光棍汉,半夜三更从道轨上扛回这个昏死的女人,他不知所措,火车呜呜呜地驶过去,他心慌意乱,觉得差一点出了人命。他把那女人放在自己的床上,把电灯开亮,又手忙脚乱烧了些姜汤,慢慢地喂下去。刘二狗从来没闻过的女人气味,渐渐弥漫了整个小屋。他有点慌,傻乎乎只是蹲在门口看着她。

她醒来,痴呆呆望着亮堂堂的小屋,刘二狗站起来,想跟那女人说点什么,却没说出来,那女人猛地跳下床来,发疯似地喊着:"天哪,你为什么要救我这个坏女人?你为什么呀……"

刘二狗这时心里一阵惶恐,一把抓住女人的衣服,涨红的脸抽搐着说:"妹子,我救了你,也是我应该做的,现在生活这样好,你可不能往坏路上想……"

那女人这时急得将胸脯捶得咚咚响,边捶边喊:"你是好人我知道,但你不该救我这种坏女人。"

刘二狗和气地劝着:"你消消气就会知道的,不能一时冲动,那样会出事的!"这时,那女人也渐渐稳定了情绪。

外面电闪雷鸣,暴雨如注,哗啦啦倒在地上。女人还是不住地喃喃:"我是一个坏女人,你不该救我……"刘二狗劝她说:"现在深更半夜我往哪里去送你?还是找领导说说?"那女人梳了一下头发说:"我哪里也不去,就在你这里!"

日子流水般地过去了。除了每天过五六趟火车外,这里就是两个人的世界。二狗巡道回来,她已经做好热腾腾的饭菜。他憨笑笑,用眼睛瞅她。女人眼睑一低,温和地将一双筷子递过来,他们的话语极少,默默地互相一看,便似乎什么都知道了。

他也从不问她从哪里来,更不想问她到哪里去。他只是憨笑着上班,憨笑着下班。日子久了,时间长了,他和她有了人们所知的感情。

她也从不说她从哪里来,更不说她到哪里去。反正已死过一回了,便觉得清爽。她喜欢天上飘动的白云,喜欢山谷里悠长的鸟鸣,喜欢踏着晨露去采蘑菇,喜欢倚在房前的小柳树下望他的身影渐渐由小到大,清晰明朗……日子久了,她知道他憨厚老实,精明能干,心目中就有了他,这时她脸上慢慢也透出了一抹红云。

时间久了,她觉得心里的疙瘩该解开了,

他同情也罢,不同情也罢。有一天,二狗吃完早饭,随口问道:"妹子,我熟悉了你,你也熟悉了我,这可该给我说实话了?你究竟为什么要寻死呢?总有苦处才走这条路吧?"那女人说:"你是我的救命恩人,我是该说了!"

四

那是1983年春天,我父母相继都不在了。村长为了照顾我这个独生女,就招工来到王岭矿,由于只有初中文化程度,矿劳资科把我分到机电队绞车房开绞车,一个月三四十元工资,自己觉得很高兴。来到矿上没有一个熟人,一天除了上班就是在宿舍看书,结识的几个女友都不在一个单位。凡是轮到我上夜班,心里就害怕。我记得那年刚

18岁,有一次上夜班,是和一个男孩一起上的,他叫秦斌,长得一般,脸上带着一股凶相。从来没有说过话,这天夜里,绞车停了时,他突然叫出我的名字来,油腔滑调地说:"刘春花,现在闲着呢,咱们弄那个吧?"我心里咚咚跳着,特别害怕地说:"不!我还小,那事,是结了婚才能哩!"那男孩是外地人,他露出凶相说:"你别敬酒不吃吃罚酒!跟你商量是高抬你!"说着,就从他的口袋里掏出一根绳子,我颤颤巍巍站在那里不敢动,他凶狠狠走到我的面前,用绳子把我捆到暖气管上,然后把我……从此每次上夜班就这样。现在想起来我真傻,也不敢跟队领导说,也不敢报警,就这样挨下去了。

时隔一个月,我怀孕了。那坏小子嬉皮笑脸地说:"这就对啦,这叫先斩后奏,跟我结婚吧！否则你是没有好下场的。"就这样，被迫领了结婚证。结婚没几天，我才知道这小子是盗窃摩托车团伙的头头，那时正赶上严打，被判处十年有期徒刑。

五

老实人常常会被别人欺负。秦斌刚刚坐牢，就有一个坏小子登上我的家门，说是秦斌的好朋友，叫马虎，他奸笑着说："秦斌坐了牢，要我来照顾你和孩子。"我就信以为真，拿出烟来给他抽，晚上还给他炒了四盘菜让他喝酒，到了夜间12点了，他还不走，嬉皮笑脸说："我们都是一起来的，你有困难，我来帮你，但是有个要求，你得让我住一夜！"当时，我心里咚咚咚直跳，大声喊："你快走,不然我就喊人了,他锁上门,一下把我抱到床上,赖皮地说:"我还怕你喊!"说着就像熊一样扑了过来,还奸笑着说:"让你美哩,还装腔作势。"我恨不得拿刀杀了他,可是我还有孩子。

秦斌出狱回到家里后,对我特别冷落,疑心重重,有一天夜里,他突然吓唬我:"你和别人干坏事没有?如实给我交代,不然我就揍扁你!"我看他那个凶样,心里怕他打我,只好说:"你的朋友马虎来过一夜,说你让来照顾家里。""放屁,你真是个贱货!"

这天夜里,秦斌把我拖到了马虎家里喊:"马虎,你小子胆子够大了,还敢欺负秦老爷的老婆,今可不客气了,把你老婆叫出来,把酒拿出来。"马虎见了秦斌,像孙子一样,又拿酒,又拿菜,向秦斌求情说:"秦哥,我给你磕头了,饶了我吧,可不能那样做!"这时的秦斌当耳旁风似的,拿起酒瓶咕噜咕噜一下喝了半瓶,恶狠狠地说:"今天当着你的面,看我怎么收拾你老婆!"秦斌把带的匕首放在桌子上说:"马虎,你听着,先叫你老婆把裤子脱下来,看我怎么收拾她。"……完事后,秦斌拍着桌子:"马虎,还得给我老婆3000元赔偿费,马虎乖乖地给了他。秦斌拿上匕首,临走时,像恶狼一样喊:"下次再见。"

马虎翻来覆去,觉得不是个滋味,一生中还没有受过这种侮辱,他立即拿起电话报了警。

秦斌这个地痞流氓盗窃犯,第二次进了监狱。

六

　　刘春花这样的弱女子,她不懂法,没有抗争能力,她觉得她不能起诉,她觉得她不能离婚,她生活在这样不平等的家庭,心里有苦又难言,只是为了孩子,就得坚强活下去,每天除了上班还要送孩子上学。

　　老天爷总是和自己作对,怎样也摆脱不了,不测风云又一次降临了。一天,孩子他爷爷从老家来看孙子,按说这是平常不过的事。和孙子挺亲热,春花也把他当长辈对待,一天三顿吃好的,不是大米几个菜,就是给他做拉面,他也很高兴。一天夜里,春花让他和孩子在大卧室睡,自己在小屋睡,睡到半夜,突然觉得有人钻进她被窝,她用尽全身力气挣扎。第二天,就赶他走了。春花也又一次明白了什么是"上梁不正下梁歪"。后来听说秦斌的父亲因脑溢血死在家里,才除了这块心病。

刘春花的生活总是充满不幸。秦斌出狱后,本应好好过日子,可他竟翻脸提出离婚,就这样,把婚也离了。那个坏小子秦斌不知在捣啥鬼,要儿子,不要房子,她糊里糊涂地签了字,等她反应过来,秦斌已经将儿子带去广州了……一想这还有啥活头,只有死路一条,这才想到一了百了。

七

这时,刘二狗流着泪水对春花说:"咱俩是一个藤上结的一对苦瓜,你是孤女,我是孤儿,现在过上好日子了,应该好好活着。"刘春花温顺地说:"命运使我们走到了一起,你是个老实人,我想了又想,还是嫁给你好,这是我们的缘分!"

刘二狗迫不及待地说:"我同意!我同意!我就等你这句话。"他接着说:"这样吧,我们先到市里民政局领了结婚证。我看上午咱们开上介绍信,就能坐公交车去,然后咱也得明媒正娶,到市里拍个像样的结婚照,项链、金戒指、手镯都得有,至于怎么操办,就全交给我了。"

上午,刘二狗和刘春花去市里把需要办的都办了。下午,就到厂长李彪的办公室商量办婚事。厂长很果断,他高兴地说:"这样吧,咱就定在国庆节,赶上大家休假,咱们好好热闹热闹,你说行吗?"二狗马上说:"行,厂长，就这么办。"

国庆节到了。兴光饭店已经准备了十几桌酒席，洗煤厂和采煤四队的工友们都到齐了，厂长李彪和采煤四队队长李三同帮忙给刘二狗、刘春花举行了婚礼仪式。李彪厂长在婚礼上高兴地说："参加二狗、春花的婚礼，我们很荣幸，现在我们恭喜他们结为伴侣，我提议，为两口子白头到老干杯！"在鞭炮声中大家就互相敬起酒来，一直闹到下午三点才结束。

一年后的春节，李彪厂长去给刘二狗夫妇拜年时，发现他们床上有个胖娃娃，高兴地说："恭喜你们有了自己的小宝宝。"

冲出围墙

一

立秋之时,凉爽的秋夜,天空晴朗,月亮高照,稀疏的星星闪烁着光亮。

代矿长郝建文这天夜里没有回家吃饭,他到职工食堂吃了点便餐,就到了办公室,他知道矿长李玉和党委书记成斌将要从省城学习回来。他为了显示一下自己的能力,把节约下来的扩建资金 2000 万元转移出来;为了争当第一名,虚报产量 50 万吨;安全生产上明明有一起轻伤事故,报上级为无事故。郝建文想着,现在是我主持矿上的工作,我就得说了算。至于转出的资金嘛,明年还可以用到其他项目上,修体育中心、职工教育中心、公园,也不是什么了不起的问题。在我上调之前做出点成绩,谁能不说是我老郝干得好。所以他心里有点激动,充满着信心!他没有朝坏的方面想,总觉得是为矿上谋利益,最多批评一下了之。但是该走的路我老郝都得走到,首先召开有关人员会议,他鼓起勇气通知了有关人员:生产副矿长王明,基建副矿长胡进,后勤副矿长陈兴,矿煤炭公司经理尚清秀及供应、财务、煤炭公司有关部门负责人列席。

会议室灯光明亮,郝矿长笑嘻嘻对大家说:"各位,今天夜里召集大家来,主要是扩建剩余款转下年用于其他项目,让大家表个态,领导回来好有个交代,不要说是我老郝干的事,现在大家表态吧!"基建胡矿长说:"我同意郝矿长的意见,给咱矿上办好事,有什么可怕的,如果要不回款来我老胡去要。"后勤陈矿长说:"绿化矿山用这款我同意。"生产王矿长说:"我的意见是等矿长、书记回来再做决定,我那里有工程项目的图纸,一查就可以查出来。"王矿长话还未说完,胡矿长鄙夷地说:"看你老王的老鼠胆吧,干不成个大事。"王矿长笑了笑。矿煤炭公司尚经理说:"费了好大的劲,把钱给要回来,你们还说三道四,郝矿长,咱可是说好的,百分之十五的管理费一分不能少!"胡矿长抢着说:"你给大家说说,要上管理费给谁用呢?你这鬼主意还不少,就不怕犯法!"郝代矿长说:"具体问题具体对待,我看大家基本同意了,个别意见可以保留，对于开材料出库单、财务账单，由供应、财务负责想办法处理，款要回来暂存矿煤炭公司，我看没啥事了就散会吧，尚经理留下。"

郝矿长很有顾虑地向尚清秀说："你怎么说话不把口,百分之十五的管理费，就是你知道，我知道，胡矿长一提"犯法"两字我心里直打战，这样吧，矿长、书记回来之前，你把这笔转移款全部要回来，别再提管理费的事了。"尚经理满不在乎地说："郝矿长你那么胆小，钱在我公司里，你怕什么哩？"郝矿长心虚地说："咱们这座转移款的围墙很容易被人家冲出去，你我都得承担责任！"尚经理说："不怕，责任由我来负，你不知道要这笔款多不容易，借给一辆小轿车，还请吃请喝上歌舞厅，都是我们财务上韩小全干的。"郝矿长说:"矿长、书记回来,咱俩首先要口径一致!"

郝矿长和尚经理说完就往楼下走,在回家的路上,尚经理笑着说:"郝矿长,我听韩小全要款时听说你往上级煤炭总公司财务公司调,祝贺你,以后也拉咱一把!""哈哈哈,你开什么玩笑?"郝矿长说:"干工作就得有实绩,那时自然会有人提拔你。"说着说着,走到各自家门口都回家去了。

二

天下着小雨,外边的空气格外新鲜,喜鹊在树上叽叽喳喳地叫着,矿山清新而美丽。

矿长李玉、党委书记成斌从省城学习回来,第二天早7点就到调度室参加调度会,矿长李玉说:"成书记,咱们开完调度会,下井看一看扩建的工程吧?"成书记说:"行!那咱们到更衣室换工作服吧!"

两人下了井,先看了井下翻煤仓,然后到主井底一直往上走,看了主井皮带质量挺好,据调度室介绍,是煤炭总公司机电公司特制的,两人看了很满意,他们说着看着,走着想着,突然李玉矿长对成书记说:"昨天计划科长王新很含糊地给我发了个短信,他是这样写的:'李矿长,你好,扩建工程已完成,工程质量验收合格,不过关于代矿长郝建文的事已研究过几次,我看有想转移扩建工程剩余资金的意思,不多说了,等你回来再谈。'老郝这家伙胆子够大的,还能这样干?"

成斌书记说:"咱们在省里学习时,省纪委书记专门讲了党风廉政建设,咱矿也得把此项工作当作重点去抓,这样吧,别打草惊蛇,我安排矿纪委书记江一组织有关人员,重点查供应、财务、煤炭公司,情况落实后再开会。"李矿长说:"就按你说的办。"

说着走着,770多米的主井道不觉就到了头,两人顺便从洗煤厂楼上看了看新建的三个大煤仓,心里很满意。矿长李玉激动地说:"看来,今年完成三百万吨任务是没有多大问题了!"书记成斌说:"关键是安全生产要放到第一位抓好。"这时李玉一看手表说:"噢,到下午7点多了,节约了一顿班中餐。"书记说:"那咱们去洗澡吧。"洗完澡,各自回家了。

晚上夜深人静的时候,青成矿街两旁路

灯闪烁,来往人流稀少。矿长李玉习惯晚上到矿上小公园转悠转悠,刚走到公园,突然,煤炭总公司张副总经理打来电话:"李玉同志,经煤炭总公司研究,决定调你们那里的经营副矿长郝建文到煤炭总公司的财务公司任经理,请通知本人,明天早上8点宣布他的任职。"李玉"哼"了一声,气愤地独念:"事情都叫这些人办坏了,本来是个爱吹爱拍、华而不实的人却提上去了。"然后用手机告诉了党委书记成斌和郝建文。这天夜里,矿长李玉翻来覆去睡不着,想着像郝建文这样追求名利的人在短短时间里能被人看上,提拔了。心里很不平静:我看你们怎样处理他转移扩建节约资金二千万的事,不处理,我老李不当矿长,也要告他一状。这时,妻子李静心痛地叨叨:"人和人还能都一样,管好自己为贵,快睡吧,快睡吧。"这才关了灯。

三

秋夜比白天更加宜人,一弯明月透过窗棂洒下一片清辉,虫声从青成街两旁草丛传来,带着诗词的平仄韵律,不紧不慢地在秋夜弹唱,高音婉转,低音切切,奏出一片祥和。青成街灯光明亮,人来人往,川流不息。矿小会议室开着灯,办公室被打扫得干干净净。

晚上8点,会议室坐满了参加党委扩大会议的人员,会场上鸦雀无声。这是郝建文代矿长的汇报会。主持人是李玉矿长,他坐在北边主位的沙发上说了句:"长话短说,现在开始吧!"郝矿长很认真地翻开自己的笔记本,扫视了一下在座的人,看了一下李玉和成斌,很自豪地说:"我们矿全面工作正常,在二季度煤炭总公司评比中获第一。扩建工程验收合格,至于扩建工程剩余的款项,在我提议下矿务会通过,暂存矿煤炭公司下一年使用,我认为是可以的!我已经调走,这笔款由你们立项目使用好了。"李玉矿长着急地问:"那扩建工程剩余款是国家的专项款,哪能随便转移!"郝矿长接着说:"给矿上谋福利建项目,又不是我老郝拿回自己家去了!"后勤副矿长说:"这笔款是咱节约下来的,明年绿化矿山公园很需要。"基建副矿长满不在乎地说:"其他矿不都是这样干的?明年上项目就不用向上级要钱了,修建教育中心和体育中心都需要款,我看可以用!"矿煤炭公司经理尚清秀很激动地说:

"这笔款从煤炭总公司财务上往回要可不容易了,是我们公司财务股长韩小全通过各种关系要回来的,我还是同意明年用!"党委书记成斌严肃地说:"看来你们围堵的转移扩建项目剩余款项这个围墙需要冲出去了!一些领导坚持用这笔款,不知道这是专款专用,是严重的违规违纪行为。我们在这里是为党为民而工作,不能搞小团体本位主义。至于2000万转移款项,要分文不少交回煤炭总公司,这是国家的钱!"下面是纪委书记汇报调查结果。纪委书记江一说:"我在这个会议上应该作检查,转移扩建工程剩余款本应监督制止,可是我没有做到。直到矿长、书记回来让纪委调查我才知道。现调查结果是这样的:供应科以水泥、钢筋开出假出库单,财务科账上做了假凭证,把2000万元转到矿煤炭公司财务股,而财务股经尚经理同意拿出15%所谓管理费转移矿煤炭公司修配厂300万元;另外有出纳员杨二狗举报韩小全漏税4万元。经查,证据确凿,建议矿党委研究处理。"这时尚清秀拍着会议桌站起来指着江一说:"看你这样调查好像是我们这几个人是犯法了吧?"李玉矿长说:"我们这是在开会,请你冷静点!"党委书记最后说:"调查事实确切,大家就不要再争论了,党委委员留下,其余人员散会!"

　　党委会研究处理决定后,及时报煤炭总公司和上级纪委,三天后煤炭总公司党委、纪委下了文件:经请示上级机关,给予郝建文党内严重警告处分;给予尚清秀撤销青成矿煤炭公司经理职务处分;青成矿党委研究决定撤销矿煤炭公司财务股韩小全股长职务,给予开除矿籍留矿使用处分,并把4万元漏税及时上交税务局。供应科长和财务科长,均给予记过处分。

四

青成矿的秋季宛如春天,花木依然盛开,青成街两旁木蓉花儿芳香艳丽,占尽秋日风情;秋海棠明媚雅致,叶色碧绿光润,让人顿生爱意,桂花淡淡地缀于绿叶之间,可谓"独占三秋压群芳"。还有鸡冠花、雁来红、紫茉莉……个个争奇斗艳,热闹了整个秋季的矿山。

李玉矿长独自坐在办公室转椅上,闭着眼睛,听着拉煤火车的鸣叫声,他暗暗思忖着:这个尚清秀我应该和他谈谈,毕竟自己和他的关系不一般,在矿院是同班同学,同住一个宿舍,1990年毕业后,又怀着远大理想、憧憬着美好未来,一起分配到青成矿,一起当了采煤技术员,而后一起当了采煤队长,一起入的党。李玉又想起了他们刚到采煤队的一些往事……

那时候两人刚二十四五岁,李玉干工作特别认真,尚清秀是做啥事不假思考,两个人性格互补,非常合得来。对矿山的新鲜事特别高兴,从心眼里爱上了青成矿,养成了闲暇时喝酒的习惯,两个人就经常买上一瓶老白汾边喝边聊,几口酒热乎乎下到肚里,话自然就多了起来,工作中开心的事和烦心的事从嘴里全叨叨出来了,尚清秀说:"这三根柱子夹着一根骨头的'煤黑佬'工作,咱不干了吧?李玉?咱就不能爬出这窑洞去干番事业？"李玉也喝了几口,等酒味翻上来,昏昏沉沉地看着尚清秀说:"咱图的就是下窑的和煤哥们在一块开心,就像舍不得离开家人似的。唉！清秀你想不想老婆？"尚清秀眼圈红红反问李玉:"你呢？""我当然想了,我老婆能理解我,体贴我,我能不想嘛！"尚清秀无语,酒喝完了,两人都闷着头沉入酒后的思绪中……

后来李玉当了矿长,尚清秀到矿煤炭公司当了经理,但两人有时还能凑到一起喝喝酒,而且已经不习惯用小杯了,而是倒一大杯,碰着边喝边说,这时,尚清秀喝了一大杯之后,醉醺醺说个没完:"李玉,有人说我是傻大炮能吃不能干,做事没原则,总听别人摆布,这简直是对我的侮辱！我尚清秀可是从采煤队干出来的,不是吃出来的！"李玉涨红着脸,规劝着说:"清秀,别那么吹吹打打,还是老老实实干好自己的工作为好!"这时一列火车的鸣叫声又打断了李玉的思忖,他站起来走到窗前,洗煤厂的嘈杂声震着他的耳膜,他深知这里是青成矿的动脉。看来不搞现代化矿井是没有出路的。正在这时,尚清秀低着头愁眉苦脸地进来了,李玉热情地说:"老尚你来啦,我正准备和你谈谈心里话。"尚清秀心情不愉快地说:"有什么可谈的!我现在不是已经成了罪人了吗?"李玉说:"一时想不开这是可以理解的,但是必须正视自己所犯的错误!你用人不当,听上那个敲边鼓说闲话的韩小全,又是漏税又是不择手段要回扩建剩余款,这就是你的责任!"尚清秀后悔地低着头说:"老李,我是错了,但我还是有点想不通,款是郝矿长让去要的,又没有装到我的口袋里!"李玉镇静地说:"你给我说说,扣除所谓管理费300万让干什么用?告诉你,干部的腐败就是从这些事情开始的,别人糊弄你,你还美滋滋地听着、干着,这下砸锅了吧?"尚清秀不服气地说:"我认错就是了。"李玉说:"那就好!"正在这时,办公室通知李玉去煤炭总公司开会,他说了声:"老尚,下次咱们再谈。"两人便相跟着出了办公室。

五

夕阳西落,草木间闪烁着灯光的亮影。矿山下班的职工走在回宿舍的路上,感到一种透彻心扉的凉意。

李玉矿长的爱人李静从供应科下班回

到家里,还不见李玉回来,心想一定又是有事了,李静知道他爱喝点酒,拿出老白汾和一盘花生米,一盘切好的牛肉片,放在饭桌上。李玉开会回来已经很疲倦了,但一看到妻子为他准备的这一切,心情一下子高兴起来,眼睛里放着光,脸也舒展了,他情不自禁地吻了妻子一下,咧开嘴笑着说:"还是老婆大人想得周到呀,谢谢了!"

李玉喝着酒,李静在一旁陪坐着,她最了解李玉的脾气了,性格内向,工作上认真,但回到家里却十分体贴,她满意的就是这一点。今天,她有话要和他说,但现在还不能说,她要等他喝到脸红话多的时候再说,大约过了20分钟后,看着李玉喝得红了的脸说:"李玉呀,矿上的事我从来没参与过,可这次清秀被撤职的事,我向你提点个人意见,这两天矿上的人都议论纷纷,看在咱们都是同学的份上,就不能处分轻一点?"李玉盯了李静几秒钟,把酒缸子往饭桌上一放,说:"我说李静呀,你别参政了行吗?处分是矿党委决定的,上级批准的,变不了!"李静耐心地说:"咱们在矿院时,他就是个粗人,遇事不思考就处理,这你是知道的,至少你能说句话吧!"李玉的眉毛唰地一下立起来,生气地说:"党委研究时我是同意了的,哪有什么同学关系之谈呢!"李静听了他这一席刺耳的话,心里受不住了,跑到卧室生起闷气来。李玉愣愣地坐在那里,心想自己不该跟妻子发脾气,于是借着酒劲来到卧室,搂住李静亲热地说:"亲爱的,刚才是我的不对,我说的那是气话,你就别生气了!"说完,又挨着李静的脸亲了起来,李静急促地望了一下对面卧室的门,脸红地说:"别闹了,让儿子听见像啥话!"

正在这时,门外响起了几声轻而有些胆怯的敲门声,李静出来开了门,李玉也坐在了客厅的沙发上,进来的这个年轻人大约有二十七八岁,满脸堆笑站在了客厅。李玉说:"你是矿煤炭公司的韩小全吧?"韩小全没有回答,就捂着脸呜呜地哭起来:"李矿长,我是错了,不该给尚经理帮倒忙违纪要款,还有漏税,请给我改正的机会!"李玉矿长严肃地说:"你认错了这是好事,重新振作起来好好干,争取早日恢复矿籍。但我要严厉地给你指出。"韩小全很会察言观色,忽悠尚清秀把小轿车借给煤炭总公司财务公司用,这样能把转移扩建款要回来,见尚清秀没有反应,韩小全又大胆提出扣除所谓管理费300

万留在公司用,同时账上漏税四万元。这时,韩小全跪在李玉面前流着泪水说:"我听您的矿长,一定好好干,将功赎罪!"李玉急忙说:"快起来,快起来!回去吧,重在表现。"韩小全这才慢慢地走出李玉家门。

这夜,李玉矿长感到又做通了一个人的思想工作,所以睡得又香又甜。

六

风清月明的秋天,一切都是那么单纯明净,清新雅致。"夜蛩扶砌响,轻蛾绕竹飞。"青成矿透着悠远的诗意。

尚清秀的撤职处分决定,在干部职工中引发了一场小地震,一部分人从沉睡中被震醒,而尚清秀却给震倒了,他因高血压发作住进了医院。消息传到书记成斌、矿长李玉、纪委书记江一的耳朵里,他们三人琢磨着:"他是心里有愧而导致血压高了,还是想装成高血压闹情绪?"他们沉思了一会,书记成斌说:"我们应该挽救他,拉他一把,让他能认清自己的错误,真心改正,重新站起来,找回以前在采煤队当队长的尚清秀。"李玉矿长说:"我们是同学,我更有责任帮他一把。"

晚上9点了,天空中繁星点点,矿区路上行人不多,只有几对恋人亲昵地依偎着,轻声细语说笑着走向公园。他们三人提着水果不知不觉就走进了医院,这是一家刚刚建好的医院,医疗设备都是新购置的,职工说这是矿上给我们办的一件好事。三人来到住院部三楼内科一号病房,尚清秀躺在床上,枕头垫得高高的,他看见三位领导进来,立即把发胖的身子转过去,闭上眼睛。这时,尚清秀的妻子淡淡地说了声:"三位领导请坐吧,清秀刚输完液。"李玉矿长把水果放下,温和地说:"清秀呀,咱有病治病,可不能有抵触情绪,身体是革命的本钱。"成斌书记接着说:"我们来看你,是念在咱们是同甘共苦的同志的情分上,希望你能正视这次处分,改正错误,从哪里跌倒再从哪里重新站起来,堂堂正正地去干一番事业!"

尚清秀稍稍移动了一下身子,脸还没有转过来,李玉矿长冲着他的脊背耐心地说:"你觉得痛苦,觉得委屈,我们就高兴就舒服吗?道理咱就不多说了,你懂的不比我少,光想着当劳模戴红花时光荣,就没想想犯错误是要有勇气承担责任的吗?"李玉矿长的这番话触动了尚清秀。他慢慢地转过身来,脸红了一阵,紧紧地拉住李玉、成斌、江一的手,眼泪流在脸上,感动地说:"三位领导,我对不起你们,我错了,我一时头脑发热,给公司和矿上造成了损失和不好的影响,辜负了党对我的培养,我对不住公司和矿上职工的期望,我应该承担责任,应该受到处分。出院后要踏踏实实去工作,再不会给青成矿丢脸了!"

  三位矿领导从医院出来,走在回家的路上,李玉矿长渐渐觉得有一种强烈的冲动在脑子里盘旋,一对恋人从他们身边走过,他都没有觉察到,他仿佛看见了黄土地上这座正焕发着勃勃生机的青成矿,看见了矿井深处那一层层乌黑发亮的煤,看见了在矿井深处夜以继日辛勤劳动的矿工,看见了现代化矿井的建成。

这时,夜色更深了,他们心情舒畅地回到各自家里。

父爱如山（代后记）

牛义庆

妈妈爸爸退休多年了,有空我就陪他们去旅行。这一辈子,他们真是太不容易了。年轻的时候,一心扑在工作上,很少和我们几个聊天,更别说买玩具做游戏了。他们自己也很少有相对自由的空间,虽然最初都在学校,但到了假期会更忙。

妈妈是典型的传统女性,相夫教子,任劳任怨。爸爸是典型的严父。他先在古书院矿工作,后来到了凤凰山矿。每天晚上做好饭,妈妈就带着我们几个等啊等,什么时候爸爸回来,什么时候一家人才开始吃饭。

我的印象中,爸爸总是那么严厉严肃严

谨。但并不是没有父爱。开学前,他会看我们的书包缺什么少什么,见到我们的老师,他也会问我们的学习情况和在学校的表现。我们几个孩子谁不舒服他都最着急。但就是和我们的语言交流少,平时思想上的沟通也不多。

近几年,我觉得爸爸爱说话了,问这问那,时不时还会打电话,问我工作生活上的一些琐事。我除了觉得温暖与亲切之外,更多的是觉得回到了充满父爱的童年。

以前爸爸就爱写东西,我还真没有留意过,以为他都是在写公文写报告,真不知道他老人家年轻的时候还是有品味有追求的文学爱好者。我不知道曾经的那十年对他伤害有多大,妈妈说,有段时间爸爸拒绝提笔,拒绝伏案……好在都过去了,也都不重要了。

爸爸在退休后开始更认真地创作,也获得了不少回报。诗歌《矿山妈妈》获全国中老年诗文优秀奖,《党啊你好》获全国诗文书画一等奖,还有不少散文诗歌在省、市级刊物发表。比如散文《故乡》和《我的父亲》。

遗憾的是,有些刊物找不到了,有些他藏来藏去自己也忘记了。

这本即将和读者见面的书,最初叫《永不消失的爱》。后来姐姐说,叫《爱之永恒》吧,爸爸看上去冷,其实心头一团火。

是啊,父爱如山,而山是不用表达的。

爱,也许爸爸从未说出口,但他的表现都是爱。他的文字里都是爱。爱里有男子汉的担当,有父亲的责任,有丈夫的胸怀。尽管他不说,但我感受得到。

这本书得以出版,首先要感谢小时候的邻家姐姐,她支持我这么做,并为我多方联系奔走。感谢山西人民出版社的魏红编辑不辞辛苦,感谢山西诗词学会会长时新先生题写书名。如果说,出书为了让爸爸高兴这么个朴素的愿望算是孝顺的话,那么各位师友的鼎力支持和帮助,是我实现这个朴素愿望的基础和机缘。非常感谢!祝天下所有的父亲都健康,愿天下所有的儿女都心想事成!

2014.6.19 晨